O GRANDE DESAFIO

OG MACIEL

Editora InVerso

R. Doutor Goulin, 1523 Alto da Glória
CEP 80040-280 Curitiba-PR
(41) 3254-1616 e (41) 3558-8001
editorainverso@editorainverso.com.br
www.editorainverso.com.br
Facebook.com/editorainverso
Instagram @editorainverso

Coordenação editorial
Cristina Jones
Editora InVerso

Capa
Adriane Baldini

Revisão e projeto gráfico
Carlos LW Jorge

Dados internacionais de catalogação na publicação
Mona Youssef Hammoud - CRB/ 9ª -1393

M152o MACIEL, Og. **O grande desafio**
Curitiba: InVerso, 2022.
178p. 15x21cm - PTBR

ISBN: 978-65-89851-94-3

1. Literatura infanto-juvenil 2. Amizade 3. Juventude
4. Carros I. Título

CDD. 827

Literatura infanto-juvenil: 827 Amizade: 372

Como sempre, para Elizabeth, Yv, Kate e Iza.

SUMÁRIO

1

CAKE BY THE OCEAN

Ouvi dizer que o segredo para fazer um grupo de estranhos cantar com você é escolher uma melodia grudenta que, não importa quantas vezes você já ouviu, sempre encontrará um motivo para escutar novamente. Se a música tiver alguns palavrões, especialmente no refrão, então você tem um vencedor, e nessa noite foi exatamente o que eu fiz.

Impulsionada pelas vozes de uma grande parte do corpo estudantil da New Bern High, eu me movi pelo palco segurando o microfone como se sempre o tivesse feito, apesar disso estar longe de ser verdade, e consegui levar o público ao delírio enquanto me preparava para cantar o refrão final.

"Talk to me, baby", gritei. *"I'm going blind from this sweet, sweet craving. Let's lose our minds and go..."*

"FUCKING CRAZY!", o ginásio inteiro gritou junto.

"Ah ya ya ya ya I keep on hoping we'll eat cake by the ocean."

Eu terminei minha apresentação sob uma trovoada de aplausos e assobios, e fui levada do palco para ceder espaço para a próxima performance.

Eu mal tinha descido os degraus que levavam ao chão do ginásio quando fui atacada por minha prima.

"Puta merda!", disse Hannah. "Eu não acredito que você acabou de fazer isso." Ela riu e me deu um abraço de urso, que quase nos fez trombar com dois nervosos competidores que esperavam nos bastidores.

"Meu Deus! Eu não acredito que fiz isso." Eu ri. Sei que disse que faria, mas nunca imaginei que fosse ter coragem!"

Hannah deu um gritinho. "Quando você disse que tinha uma ideia para fazer com que as pessoas te notassem, nunca achei que fosse se candidatar ao show de calouros. Isso é bem ousado, considerando que você acabou de se mudar pra cá."

Eu estava radiante. "Acredito que isso tornou as coisas mais fáceis, sabe? Quero dizer, se ninguém sabe quem você é, você pode ser quem quiser, e ninguém nunca saberá."

"Bem, você o fez! Agora vamos assistir ao resto das apresentações." Hanna me puxou pela cortina que emparedava o palco.

As pessoas me olhavam e acenavam com a cabeça, me cumprimentavam e davam tapinhas em minhas costas enquanto eu caminhava pelo ginásio para encontrar um lugar onde pudéssemos assistir aos outros participantes.

Primeiro foi um grupo de alunos usando quimonos e praticando uma rotina de *kata*, que inevitavelmente terminou com uma série de demonstrações de suas habilidades de quebrar tábuas com suas mãos, pés e até a cabeça.

As últimas participantes da noite foram três meninas do grupo de líderes de torcida, ou pelo menos foi o que eu presumi, já que elas usavam minúsculos uniformes característicos de líderes de torcida, balançavam pompons e tinham seus cabelos presos. Elas fizeram uma de suas danças ao som da música *Levitating*, da Dua Lipa, e terminaram gritando "VAMOS, URSOS, VAMOS!", para delírio dos atletas que estavam presentes.

"Aqui vamos nós", disse Hannah. "Eles estão prestes a anunciar o link para a pesquisa na qual todos poderão escolher o vencedor."

"Ah, então não tem painel de jurados? O ganhador será escolhido por todos aqui?"

"*Duh!* Estamos em dois mil e vinte e um, você sabia?", brincou Hannah. "Qualquer um que tenha um telefone e se importe o suficiente pode votar para escolher o ganhador."

Como se tivesse dado um sinal, o link para a pesquisa foi colocado na única tela que estava pendurada do teto, e todos no ginásio começaram a digitar rapidamente. A tela atualizava os resultados em tempo real, à medida que eram computados.

Eu mal podia acreditar quando meu nome apareceu entre os cinco primeiros exibidos na tela. Eu estava a quatro votos do quarto lugar, um menino chamado Toby que tocou *More Than Words* em seu violão, e somente onze votos distante do primeiro lugar, ocupado pelo Esquadrão Suicida, o grupo das líderes de torcida.

"O Esquadrão Suicida só está em primeiro lugar porque a maioria dos meninos votou com o pênis, e não com a cabeça", Hannah disse um pouco alto demais para que os outros a pudessem ouvir. "Aposto que o número de votos para elas é proporcional à quantidade de pele que elas mostraram durante a performance." Ela virou os olhos e fingiu vomitar.

Eu fingi indignação. "Hannah!"

"É verdade! Sério, onde está o talento em mostrar para todos que você consegue soletrar TIME enquanto faz um ato de *soft porn?*"

"Se você acha que é fácil ficar bonita usando uma saia minúscula, por que você não tenta, Hannah?"

Hannah foi tomada de surpresa pela pergunta que veio de algum lugar próximo em meio à multidão, e estava pronta para rebater quando reconheceu a pessoa que falou.

"Alex! Claro que tinha de ser você." Ela riu. "Somente alguém com um cérebro de amendoim como o seu diria algo assim."

"Não, sério", disse o menino de cabelo loiro que estava tentando chegar até nós através da multidão. "Eu *amaria* ver você vestida como líder de torcida." Ele tinha um sorriso malicioso no rosto.

"Em seus sonhos!" Hannah fingiu estar com nojo, mas o abraçou assim que ele estava perto o suficiente.

"Mais do que você possa imaginar", respondeu ele.

"Alex, esta é minha prima, Kate. Ela se mudou para cá do Havaí, ontem." Eu olhei para o menino em pé à minha frente, não sabendo muito bem qual era o protocolo do grupo para cumprimentar. Deveria eu estender a mão para um aperto de mãos, dar um toque de punhos, ou será que eles davam beijos na bochecha, como eu havia visto outras garotas mais velhas fazendo em eventos sociais? Fui livrada do esforço de me decidir quando Alex me deu um abraço de urso.

"Bem-vinda ao New Bern High, Kate", disse ele, levantando-me alguns centímetros do chão e gentilmente me colocando de volta. "Espero que você possa fazer com que sua prima seja um pouco menos cega ao fato de que o homem de seus sonhos está debaixo de seu nariz." Ele piscou para Hannah e recebeu como resposta uma cotovelada nas costelas. Eu estava prestes a dizer algo de volta para Alex quando percebi que o ginásio inteiro havia ficado em silêncio, à parte da música-tema de *Jeopardy* que ainda tocava no fundo. Eu virei para perguntar a Hannah o que estava acontecendo, mas fui obrigada a me silenciar à vista dela e do Alex olhando boquiabertos para algo atrás de mim. Ainda mais enervante foi o fato de que todos estavam me olhando, me fazendo recordar de um sonho que tive quando eu tinha nove anos: sonhei que finalmente tinha menstruado enquanto estava de pé em frente a toda a classe da terceira série. Eu discretamente belisquei minha coxa para ter certeza de que não estava dormindo, e, quando isso me fez dar um pequeno grito de dor, olhei de volta para Hannah para me reafirmar, mas ela ainda olhava atrás de mim, por cima de meu ombro. Eu estava com medo demais para me virar.

"Hannah", eu sussurrei. "O que está acontecendo? Por que todos estão me olhando?"

Hannah colocou as duas mãos sobre os meus ombros e gentilmente me virou. "Você, minha amiga", disse ela, "acaba de ganhar a competição."

Eu me virei, não entendendo muito bem sobre o que ela estava falando, até que finalmente vi o que todos estavam olhando. Os votos finais haviam sido computados e o resultado mostrava que eu ganhei do Esquadrão Suicida por um único voto.

Tanto Alex quanto Hannah voaram em minha direção, tirando o ar dos meus pulmões enquanto me parabenizavam, e imediatamente se iniciou uma salva de aplausos e gritos, enquanto onda após onda de pessoas me comunicavam seu contentamento.

Eu fiquei duplamente surpresa quando percebi que de alguma maneira eu estava de volta ao palco central e em frente a todos. O Sr. Krakow, o diretor, me dava um aperto de mão e estava me dando um certificado, enquanto uma mulher mais velha, talvez sua esposa, tirava fotos de nós dois com seu telefone.

Finalmente voltei à realidade quando percebi que o Sr. Krakow me olhava com um olhar questionador enquanto segurava um microfone na minha cara. "Desculpe, você disse algo?", perguntei.

O Sr. Krakow riu. "Qual o seu nome, minha jovem? Você. Tem. Um. Nome?"

"KATE!", eu gritei. "Desculpe." Eu tentei novamente de forma mais suave. "Kate. Meu nome é Kate."

"Tudo bem, Kate. E em qual série você está? Não posso dizer que reconheço seu rosto..."

"E-eu me mudei para cá ontem", continuei. "Estou no segundo ano do ensino médio e começo aqui na segunda."

"Bem, seja bem-vinda ao New Bern High, Kate. Estou certo de que você será popular este ano", ele disse, me cumprimentando novamente. "Mais uma salva de palmas para a Kate, pessoal!"

Entre aplausos, gritos e até algumas vaias, eu desesperadamente procurei por Hannah e uma maneira de fazer com que todos parassem de me olhar, mesmo que por alguns minutos. Eu tinha conseguido mais do que esperava quando decidi participar da competição, e agora tudo o que eu queria era desaparecer e surgir no meu quarto, longe dos holofotes.

Como se alguém tivesse ouvido meu desejo silencioso, o DJ começou a tocar uma música dançante, as luzes diminuíram, as pessoas começaram a dançar e eu fui resgatada por Hannah mais uma vez.

Nós dançamos, rimos e desfrutamos a festa até o final. Quando finalmente cheguei em casa, tinha sido abraçada e cumprimentada por tantas pessoas que o sono, quando finalmente veio, me deu um merecido descanso. Eu precisaria estar em minha melhor forma se fosse ser aceita pelos meus novos companheiros de colégio na segunda-feira de manhã.

2

EMBLEMAS

Depois de dois dias gastos me instalando na nova casa e desempacotando coisas suficientes para garantir que eu tivesse o que vestir no meu primeiro dia de aula, acordei cedo na segunda-feira e tomei um rápido café da manhã, que consistia de iogurte grego com tâmaras picadas. Depois peguei minha já gasta mochila verde-azulada da Quicksilver, subi em meu skate e me dirigi à escola, a apenas seis quarteirões de distância.

Depois de falar com meu orientador e receber um monte de papéis com informações sobre os programas oferecidos pela escola, fiz uma parada rápida em meu armário para deixar o skate. Segui então o mapa laminado que eu tinha recebido para chegar à minha primeira classe.

História dos Estados Unidos era no segundo andar. Eu consegui achar uma mesa vazia perto de uma das largas e altas janelas que ficavam no fundo da sala. Depois de História, eu tinha Biologia, Inglês e Cálculo antes que pudesse finalmente descer para o primeiro andar para o almoço, onde eu poderia estar com a Hannah.

O refeitório era exatamente como qualquer outro refeitório de colégio que eu tinha visto, com uma série de fileiras de mesas de plástico que pareciam ser frágeis, com seus também aparentemente frágeis bancos redondos de plástico, organizados de nenhuma forma em particular, além da necessária para deixar espaço para que as pessoas pudessem andar entre eles. Mesmo antes de abrir as portas duplas, eu soube pelo zumbido que vinha do outro lado que o refeitório já estava cheio. Quando enfim abri a porta, quase batendo com ela no rosto de alguém no processo, fui recepcionada pela cacofonia que somente uma horda de adolescentes famintos pode fazer.

Olhei à minha volta, sentindo o peso de meus pensamentos mais pesarosos sobre me mudar para um estado diferente e ter de fazer novos amigos. Por que meus pais não me deixaram terminar o colégio no Havaí? Não teria feito mais sentido esperar até que eu tivesse terminado a escola, em mais dois anos, antes de me arrastarem através de metade dos Estados Unidos continentais para a Carolina do Norte?

Fui despertada dos meus pensamentos quando alguém chamou meu nome. "Ei, Kate! Aqui!" Hannah estava acenando de uma mesa próxima ao final da fila. "Eu guardei um lugar pra você."

Andei até ela, tentando não pisar em nenhuma mochila nem parecer muito deslocada.

"Pessoal, esta é minha prima Kate. Ela acabou de se mudar para cá do Havaí, há o quê, três dias?"

Assenti com a cabeça, aproveitando o momento para olhar ao redor da mesa. Eu estava recebendo olhares curiosos do grupo, formado em sua maioria por meninas.

"Esta é a Tish", disse Hannah, apontando para a menina com pele marrom e o cabelo amarrado em um coque sentada à sua frente.

"E aí?", disse Tish.

"Liza e Natty", Hannah continuou, acenando com a cabeça para as outras duas meninas sentadas à sua frente, e à esquerda da Tish. "E esta é a Abby", disse ela, indicando a menina sentada ao seu lado.

"Cuidado com a Abby, Kate", disse Tish, revirando os olhos de maneira jocosa. "Ela é do terceiro ano."

Todo mundo riu, e a Tish recebeu no rosto um pouco de purê de batatas. "Eca! Você é nojenta, Abby."

"Não seja babaca, Tish", disse Abby.

"Não desconte suas frustrações em mim. Não é culpa minha que o Torres chegou ao Beamer primeiro."

"Ui!", Liza e Natty disseram juntas.

Abby não se afetou. "Se vocês acham que ele é tão bom, por que vocês ficam implorando para vir comigo? Talvez vocês devessem pedir a ele para deixar vocês peg..."

Hannah se meteu no assunto. "Pessoal, pessoal. Esta não é a hora nem o lugar para falar sobre isso, ok?"

Até então, eu só estava sentada escutando a rápida troca entre as garotas, mas alguma coisa sobre como a Hannah parou a discussão me fez acreditar que havia mais do que elas estavam deixando transparecer. De qualquer maneira, Tish e Abby pararam de discutir e as meninas voltaram sua atenção para mim.

Liza começou. "Então você é do Havaí, ahn? Por que você sairia do paraíso para se mudar para este fim de mundo que é New Bern?", brincou.

"Aposto que eles não têm chá doce lá", disse Natty.

"Na verdade, nossos avós são daqui", eu respondi. "Quando nosso tutu faleceu no ano passado, eles nos deixaram a sua casa na Bicentennial Avenue. Demorou um pouco para que minha mãe convencesse meu pai a solicitar a transferência, vender a casa em Kailua..."

"O que é uma tutu?"

"Não é *o que* é uma tutu, Tish. *Quem* é uma tutu", disse Abby do canto. "Tutu é a palavra para 'avós', burrinha."

"Me erra!"

"...e nos mudarmos para essa casa", eu terminei.

Liza não parava. "Da hora! O que você acha até agora de New Bern, cidade do nascimento da Pepsi?"

Eu estava surpresa. "É mesmo?"

"O quê, o local de nascimento da Pepsi? Sim."

Logo o almoço acabou e eu corri para a *Home Ed* no porão, prometendo a Hannah que a esperaria do lado de fora da entrada principal depois da aula para que pudéssemos caminhar juntas para casa.

Hannah já estava lá fora me esperando enquanto eu demorava para pegar minhas coisas do armário. "Você sinceramente não planeja andar nessa coisa durante todo o caminho para casa, né?", ela disse, apontando para o meu skate.

"Por que não?", eu brinquei. "Vocês estão muito confortáveis com suas SUVs e seus carros bebedores de gasolina. O que aconteceu com caminhar para o colégio ou pelo menos andar de bicicleta?"

"Se vê que você claramente não passou por um verão na Carolina do Norte. Fica *quente!*"

"Eu vou ter que tirar a menina louca da Carolina do Norte de você um desses dias. Apenas espere, você estará andando de skate *longboard* antes do final do ano." Eu ri e subi no meu skate. "Eu vou devagar e você pode me explicar o que aconteceu no almoço."

"Do que você está falando? Da Tish e da Abby?"

"Isso também. Qual é a delas? Elas se odeiam, ou algo assim? Mas não, estou falando sobre a coisa da qual elas pararam de falar quando você as interrompeu."

"Ah, isso."

"Sim. O que era isso sobre a Beamer e o menino chamado Terence?"

"Torres", ela me corrigiu.

"Isso. Torres", eu disse, fazendo um *fishtail* e quase caindo sobre umas pedras. Eu me limpei e voltei para meu skate. "Ah, e Beamer é um tipo de carro, certo?"

"Não sei." Ela deu de ombros. "Eu só sei andar em carros." Ela me mostrou a língua.

"Você vai me dizer do que se tratava ou vou ter que dar na sua cabeça de cima pra baixo com o meu skate?"

"Vixe, olha quem está impaciente. Tá bom, vou te contar, mas você tem que *jurar* que você nunca dirá nada a ninguém sobre isso." Ela ficou séria por um momento.

"Uuuuu, estou ficando com medo, prima", eu comecei, mas logo parei quando vi que sua expressão continuou séria. "Ah, você está falando sério, não está? Oh, isso vai ser bom, não vai?"

"Estou completamente séria, Kate. Você não pode repetir isso pra ninguém. Tem que prometer."

"Tá bom, tá bom, eu prometo. Agora fala. Estou morrendo aqui", eu disse, pulando do meu skate e caminhando ao lado dela.

"Hannah respirou longa e profundamente. "Você sabe o que são emblemas de carros?"

"Emblemas de carros?" Eu forcei meu cérebro para tentar lembrar se já havia ouvido esse termo antes. "Hmm. Não posso dizer que sei, realmente. O que são?"

"Não estou surpresa que você não saiba", disse ela com um ar de superioridade. "A maioria das pessoas passam toda a vida sem nem notá-los. Isso é o quão insignificantes eles são." Ela respirou fundo e continuou. "Emblemas são aquelas decorações plásticas... bem, às vezes são de metal, que as empresas automotivas grudam na parte de trás dos carros."

"Qual decoração de plástico? Você está falando desses dados peludos que as pessoas penduram em seus espelhos?"

"Não, sua boba! Não dentro do carro. Do lado de fora. Bem, no porta-malas."

"Desculpe. Mas eu não tenho a mínima ideia."

"Aqui." Ela segurou no meu braço e me puxou para a calçada da casa mais próxima. "Tá vendo este carro aqui? Isto." Ela olhou fixamente para algo atrás do carro. "Este Accord?"

"Sim."

"Vê como o nome Honda está colado no porta-malas?"

"Sim."

"Isto é um emblema de carro."

Minha confusão deve ter sido evidente. Ela virou os olhos, suspirou de novo, e falou como se estivesse falando com uma criança de cinco anos. "Todo carro tem um emblema, alguns mais que outros, mas todos têm pelo menos um."

"E daí? O que é tão importante sobre eles? Você mesma disse que ninguém presta atenção neles."

"Bem, o negócio é o seguinte. Você já viu uma Maserati de perto?"

"Não. Nós preferimos caminhar ou ir de bicicleta ou de skate para os lugares em Kailua." Eu estava pronta para agredi-la se ela me chamasse de boba ou se falasse comigo como se eu fosse um bebê novamente.

Ela não se surpreendeu. "Se você tivesse visto o emblema de uma Maserati, veria como é lindo. Imagine uma coroa de metal com um tridente de metal saindo pelo topo. É *maravilhoso!*"

Hannah tinha uma expressão vazia e estava olhando para algo que somente ela podia ver.

"Tá bom. Agora que eu sei o que são emblemas de carros e o quão *da hora* eles são", eu disse sarcasticamente, tentando fazer aspas com os dedos enquanto segurava meu skate, "o que isso tem a ver com o Torres e a Abby?"

Hannah segurou meu braço e olhou fixamente em meus olhos. "Eles os roubam", ela sussurrou.

"ELES OS ROUBAM?!", eu gritei.

"Shhhhhh", ela disse, e colocou a mão sobre a minha boca. "Você está louca? Quer que o mundo inteiro saiba?"

"Desculpe." Eu ri. "Não consegui segurar. Por que eles os roubam? Você pode vendê-los? Eles valem muito dinheiro?"

"Você não faz isso pelo dinheiro. Algumas pessoas os vendem no eBay..."

"EBay? As pessoas ainda usam eBay?"

"...ou um colecionador..."

"Um colecionador? Quem *coleciona* essas coisas?"

"Não sei, Kate. A pessoa faz porque alguns desses emblemas são bem legais. Você faz porque é perigoso. Você faz porque é legal."

"Huh." Eu não estava acreditando. "O que é perigoso sobre isso? Você vai até um carro, pega um desses emblemas e sai andando, certo?"

"Errado." Ela me olhou desafiante. "Alguns emblemas estão anexados ao carro com pinos plásticos. Alguns com pinos metálicos. Alguns estão levemente colados. O truque é tirá-los sem arranhar o carro — não somos vândalos, sabe? — e sem fazer altos ruídos de estouro, o que acontece com frequência com os emblemas fixados com pinos."

"Espera. Você rouba essas coisas também?"

Ela pareceu envergonhada. "Eu fiz. Uma vez."

Agora estamos chegando a algum lugar, eu pensei. "O que aconteceu?"

"Eu fui pega."

"Quem te pegou? A polícia?"

Ela suspirou. "Sim. Bem, não. Mais ou menos."

"O que você quer dizer?"

"O *Todd* me flagrou", ela disse.

"Hmmm, oi? Você esqueceu que eu acabei de me mudar pra cá? Quem diabos é Todd?"

Ela começou a andar, me forçando a alcançá-la. "Quem é Todd?"

"O Todd é o mais imoral, mais nojento, mais insignificante molusco que saiu de New Bern High. Ele é um nada que pensa que é alguém especial, o presente de Deus para o mundo. *Argh!*"

Eu não sabia muito bem o que fazer com isso. "Ok, então esse molusco te flagrou roubando emblemas? Estou no caminho certo?"

"Sim!"

"Mas ele não é um policial?"

"Ele é um dos assistentes do xerife."

Não pude esconder a irritação na minha voz. "Então ele *é* um policial."

"Não!" ela gritou. "Ele... ele é o Todd, um astro quarterback cujo tempo já passou."

"O que aconteceu com ele?" Eu estava genuinamente curiosa.

"Eu não sei! Isso foi antes de eu começar o colegial." Ela começou a andar mais rápido. "Tish me contou que ele estourou um ligamento ou um tendão ou alguma coisa no joelho durante um jogo em seu último ano na escola. Ele teve que ser carregado para fora do campo. Seu pai o levou para um especialista em Chapel Hill e eles disseram que ele nunca poderia jogar futebol americano profissionalmente."

"Que merda!"

Hannah mal podia conter sua raiva. "Bem feito! Eu ouvi dizer que ele recebeu ofertas para jogar futebol americano na faculdade sem pagar nada, mas ele perdeu tudo depois do acidente."

"Deixe-me adivinhar o final da história. Esse Todd não foi para a faculdade e ficou aqui, eventualmente escolhendo se juntar à polícia e servir à comunidade com o melhor de suas habilidades. Fim."

"Não. Todd é um babaca arrogante, que usa o seu uniforme de policial e cacetete de metal para intimidar crianças e conseguir o que quer com algumas meninas. Como eu disse, ele é simplesmente... *Eww!*" Ela deu de ombros.

"Então o que aconteceu? Ele te pegou roubando, e o quê? Ele tentou *fazer um acordo* em troca de um *favor?*" Não pude segurar o riso, mas rapidamente cobri minha boca.

"Isso não é engraçado, Kate." Ela agora estava realmente chateada. "Ele me flagrou justo quando eu estava removendo o último pino de um emblema enorme e maneiro com a palavra Chevrolet deste tamanho" — ela levantou suas mãos com um metro de distância entre elas — "e tudo o que pude fazer foi me livrar de minha faca..."

"Você tinha uma faca?"

"Sim. Você achou que usávamos nossas unhas ou os retirávamos com nossos superpoderes telecinéticos mentais? Eu joguei minha faca no chão e a chutei para um arbusto, mas não havia maneira de conseguir esconder aquele emblema." Ela olhou para baixo. "Então ele me pegou e me disse que se eu não o beijasse e concordasse em sair com ele, ele contaria para os meus pais."

"E você fez? Você o beijou?"

"Óbvio que não! Eu dei uma joelhada bem em suas bolas e corri como louca para casa." Ela riu. "Se agora ele anda mancando, você tem que me agradecer por isso."

"E o que aconteceu com o emblema? Você o deixou para trás?"

"Claro que não! Está em meu quarto. Eu o escondi dentro do closet. Mas depois daquele dia eu prometi que nunca mais ia roubar nada pelo resto da minha vida. Mas aquele emblema da Chevrolet? Aquela belezinha que quase me mandou para a prisão ou me fez ser estuprada? Ele pertence a mim e ninguém pode tirá-lo", disse ela com orgulho.

Antes que qualquer uma de nós duas pudesse notar, estávamos paradas em frente à sua casa e ela estava me convidando para entrar e tomar um lanche. Por mais que quisesse ver seu emblema e fazer mais perguntas, eu tinha prometido à minha mãe que iria direto pra casa para desembalar mais de nossas coisas e ajudar com o jantar. Pulei no meu skate, disse a Hannah que passaria por sua casa no dia seguinte pela manhã para caminharmos até o colégio, e fui para casa. Engraçado como as coisas são. Agora eu não podia ver um carro sem olhar que tipo de emblema ele tinha e me perguntando se faria algum som se eu tentasse levá-lo.

3

O GRANDE DESAFIO

“Então, estive pensando, certo?” Eu comecei. “Sobre a história que você me contou ontem.”

“Sim”, disse Hannah com ar de suspeita.

“E se...”

“Não.”

“Eu não terminei”, reclamei.

“Você não tem que terminar. Eu sei exatamente o que você vai dizer.”

“Não, você não sabe.”

“Ah, mas sei, sim! Eu reconheço esse olhar. Já o vi antes.”

“Que olhar? Espera. Não. Eu ia perguntar...”

“Se eu poderia te ensinar a roubar emblemas? Era isso que você estava planejando me perguntar?” Ela me olhou triunfante.

“Bem, eu estava pensando mais em uma demonstração”, eu brinquei. “De qualquer forma, quem iria querer aprender qualquer coisa de uma pessoa que foi pega em flagrante?”

Ela riu. "Cala a boca."

"Então, o que você acha, prima? Você me daria uma rápida demonstração de como rouba essas coisas? *Por favooooooor?!*" Eu perguntei, fazendo minha melhor cara de filhotinho de cachorro.

"Primeiro, não chame de *roubo*. Nós preferimos *colheita*", ela disse com um sorriso. "Segundo, essas coisas são chamadas de emblemas."

"Por favor, me diga que não há um terceiro."

"Por último..." Ela fez uma pausa dramática. "Absolutamente não."

"Por quê?" Eu gritei. "Por que não?"

"Shhh!"

"Por que não?" Perguntei novamente, muito mais baixo desta vez.

"Eu te falei ontem. Eu não posso mais roubar..."

"Colher."

"...colher mais nada. Eu fiz uma promessa."

"Ontem você não falou nada sobre fazer uma promessa."

"Bem, mas eu fiz, tá bom? Eu não posso fazer."

"Droga! Que sorte a minha! Você não poderia ter esperado eu chegar antes de decidir se manter na linha?"

"Desculpe. Mas é um caminho reto para mim a partir de agora."

Eu não estava pronta para desistir. "Há mais alguém que poderia me mostrar?"

"Acredito que você poderia perguntar para a Abby." Ela deu de ombros. "Ela ainda faz, sabe? E ela é bem boa nisso também, se você me perguntar. Mas a última vez que ouvi, ela estava trabalhando sozinha, então pode ser que não esteja interessada em ter uma ajudante."

"Você aprendeu com ela?"

"Não. O Torres me ensinou."

"Você acha que ele me ensinaria as técnicas?"

"Olha, Kate. Eu sei que não é assunto meu o que você faz ou deixa de fazer, mas você tem certeza de que quer fazer isso? Quero dizer, isso que estamos falando é muito sério. Você pode ir para a cadeia, ou pior, pode acabar lidando com o Todd."

Entramos na escola e nos separamos, mas fiquei pensando no que ela disse. Eu realmente queria fazer isso? Lá no fundo eu sabia que um dos motivos, talvez o motivo mais importante pelo qual eu queria fazer, era para ganhar alguns pontos de credibilidade com meus novos amigos, de maneira rápida. Eu só tinha mais dois anos antes de ir para a faculdade, onde quer que fosse, e eu não estava a fim de ser a garota nova no pedaço por muito tempo. Se eu conseguisse convencer alguém a me ensinar como roub..., *colher* emblemas de carros e fazê-lo superbem, eu seria parte do grupo em pouco tempo.

Eu cheguei à nossa mesa de almoço o mais rápido que pude, e quando cheguei a Tish e a Abby já estavam discutindo. A Hannah me mandou uma mensagem de texto dizendo que iria se atrasar — ela precisava falar com sua professora de inglês sobre fazer atividades extras para subir a nota. Então não perdi tempo.

"Tish? Posso te pedir um grande favor?"

"Uh? Oi, Kate, claro. O que foi?"

"Eu preciso que você me apresente ao Torres. Por favor."

Ela me olhou como se eu tivesse acabado de pedir a senha para desbloquear seu celular. A Abby imediatamente levantou a cabeça e me encarou.

"Você quer conhecer o *Torres?*"

"Sim."

Tish colocou sua maçã meio comida na mesa. "Claro. Me segue."

Eu coloquei minha mochila no chão e me movi por entre as mesas, fazendo o melhor para ficar perto dela e não perder a coragem. Não tivemos que ir muito longe.

"Ei, Torres!", gritou Tish para um menino magro sentado com um grupo de meninos parecidos. Ele olhou para cima. Tinha um grande volume de cabelo preto cacheado e usava óculos de armação preta e grossa, apoiado em um nariz grande com forma de uma batata.

"Tish." Ele sorriu. "Faz tempo que não te vejo. O que posso fazer por você?" Todos os meninos em volta dele riram.

Ela virou os olhos. "O que seja, Torres. Estou aqui porque a Kate queria te conhecer." Ela olhou para mim. "Okay, garota. Ele é todo seu." Ela voltou para a nossa mesa, me deixando rodeada por Torres e seus amigos.

"Eu sei quem você é. É a garota do show de calouros, não é? *Cake by the Ocean?*" Ele ficou em pé e esticou a mão. "Prazer em conhecê-la." Eu o cumprimentei rapidamente e fiquei surpresa com o quão macia era sua mão.

"Olá. Eu sou a Kate, mas você já sabe disso." Eu ri, nervosa. "Hmmm, eu geralmente não faço isso, mas gostaria de saber se posso trocar uma palavra com você em privado?"

"Ooooh!", zombaram seus amigos.

"Alguém quer um pedaço do Torres", riu um menino com um grande afro. "Vai por ela, tigrão!" disse outro menino.

"Quieto, Cruz", disse ele para o menino com o afro e depois se voltou para mim. "Claro, você quer ir lá pra fora?", ele perguntou, fazendo com que seus amigos iniciassem outra rodada de zombarias.

Ele pegou sua mochila, colocou nas costas e gesticulou com a cabeça para que eu o seguisse para fora. Olhei rapidamente para trás; Tish e Abby estavam me seguindo com os olhos. Tish mexeu os lábios dizendo "vai, garota", enquanto a Abby só me olhava muito intensamente.

"Não ligue para os meninos", foi a primeira coisa que o Torres me disse quando estávamos lá fora. "Eles são imaturos e, em geral, inofensivos." Ele sorriu.

Eu murmurei algo, concordando.

"Então, o que você queria falar comigo... Kate, certo?"

"Sim, Kate. Humm... Então..." De repente eu estava nervosa. Respirei fundo e segui em frente. "O negócio é o seguinte. Eu acabei de me mudar do Havaí há alguns dias..."

"Havaí? Maneiro! Desculpe; por favor, continue."

"Eu acabei de me mudar pra cá e no outro dia estava falando com a minha prima, a Hannah. Você a conhece?"

"Hannah... Hannah... Ah, você quer dizer Alika?"

"Eu... acredito... Hannah Alika. Ela vive em Sky Sail, passando o hotel Double Tree?"

"Essa é a Alika." Ele sorriu. "Sim, eu a conheço."

"Então, a Hannah... Alika e eu estávamos conversando no outro dia e ela me contou sobre o que você faz..."

"O que eu faço?" Ele genuinamente parecia não ter ideia. "O que é que eu faço? Jogo futebol?"

"Não. Aquele negócio que vocês fazem por aqui. Você sabe? A coisa com os carros?"

Ele deu um passo para trás e um olhar de raiva relampejou por seus olhos.

"Quem te mandou? O que você quer comigo?" ele perguntou, se afastando. Eu estiquei a minha mão.

"Espere. Não tenha medo."

"Medo? *Pffft!* Eu? Medo de você? Nem a pau." Ele riu.

Eu não tinha certeza se deveria estar feliz que ele parou de se afastar ou ofendida por ele não se sentir minimamente ameaçado por mim.

"Olha, Torres. Deixe-me explicar. A Hannah me contou sobre os emblemas..."

"*Jizuiz,* Kate! Fala baixo, sim?"

"Desculpe. Eu achei que todos na escola soubessem. Achei que fosse por isso que algumas pessoas o fazem? Fama?"

"Algumas pessoas podem fazer por isso... como a Abby", ele disse, um pouco maliciosamente. "Eu não sou um deles. Ademais, eu acho melhor quando as pessoas somente suspeitam e não podem provar. Meio que ajuda com o mito, sabe?" Ele riu.

"Bom... Agora que tiramos isso do caminho, eu queria falar com você sobre esse negócio de colheita de emblemas."

"O que que tem? Por que você está interessada?"

"A Hannah me falou sobre a adrenalina que é, e para dizer a verdade, fiquei bem curiosa. Estava pensando se você poderia me ensinar como fazê-lo."

"Claro..."

"Sério??? *Wow*, isso foi mais fácil do que eu..."

"...que não!"

Eu estava chocada. "P-Por que não?"

"Não estou aceitando novos recrutas. Desculpe. Mais sorte da próxima vez."

Ele começou a andar de volta para o refeitório, mas eu me coloquei à sua frente. "Espera, Torres. Por que você não me ensina? Eu não preciso de muito treinamento. Eu aprendo rápido, eu prometo."

"Você promete?" Ele riu. "Olha, Kate. Você é nova na cidade e vou te dar um desconto porque você é prima da Alika. Mas eu não falo sobre isso com qualquer um, e eu definitivamente não ensino novos alunos que estão buscando uma aventura breve."

Isso me deixou chocada, e senti um relâmpago de raiva.

"Eu tenho certeza de que você aprende rápido as coisas da escola." Meu Deus, como ele estava sendo condescendente. "Mas tem uma arte em fazer isso bem, e leva coragem, coragem de verdade, algo que, sinto te dizer, mas parece que você não tem."

Ele deu a volta por mim novamente, e dessa vez eu não tentei pará-lo. Eu estava realmente brava e não queria ver ninguém, então fui andar pela pista de corrida da escola para esfriar a cabeça. Quando o sinal tocou, voltei para dentro e encontrei a Hannah, que me esperava ansiosamente. Ela me perguntou sobre o que havíamos conversado, mas eu disse que lhe daria todos os detalhes mais tarde, quando estivéssemos voltando para casa, e fui para minha próxima aula. Notei que a Abby tinha ficado para trás, procurando algo em sua mochila, enquanto eu falava com a Hannah, mas por algum motivo parecia que ela estava somente comprando tempo para escutar o que eu tinha a dizer.

Quando encontrei a Hannah no final do dia em frente à escola, estava surpresa de ver a Abby lá também. Olhei para a Hannah atrás de algum sinal para entender o que a Abby estava fazendo, mas ela olhou para o outro lado, como se estivesse me evitando. Abby foi a primeira a falar assim que tínhamos passado a pista de corrida.

"O que você queria com o Torres?" Os seus olhos demonstravam raiva, o que me surpreendeu, mas eu me recuperei rapidamente. Eu não estava prestes a deixar que ela, ou qualquer um, me intimidasse.

"Por que você quer saber?", eu disse, com um pouco de desafio na voz.

"Ele é meu inimigo, e a última coisa que eu preciso agora é que ele consiga mais reforços." Ela murchou como um balão sem ar, com o olhar de raiva evaporando.

"O que aconteceu entre vocês dois? Obviamente tem tensão, mas eu não consigo ver o que é. Vocês são ex-amantes, ou algo assim?"

"Não!", ela gritou. "Não somos ex-amantes", ela disse, agora mais tranquila. "Eu não gosto dele, e isso é tudo que você precisa saber."

Eu ia continuar pressionando, mas uma rápida olhada da Hannah me fez mudar de tática.

"Se você precisa saber, Abby, eu perguntei ao Torres se ele poderia me ensinar a colher emblemas."

"Você não precisa dizer emblemas." Hannah virou os olhos. "Está implícito quando você diz colher. Não somos fazendeiros, sabia?"

"Você pediu ao Torres para te ensinar?" Abby riu. "Aquele metido, quatro-olhos, babaca imprestável não poderia te ensinar nada, mesmo que sua vida dependesse disso. Ele não tem talento. Zero! O único motivo pelo qual ele está no time de futebol é porque o técnico acredita que ter um brasileiro no time fará com que os outros jogadores joguem melhor por osmose."

"Você quer dizer difusão."

"Huh?" Ambas olhamos para Hannah.

"Tecnicamente", ela continuou, "a osmose precisa de algum tipo de membrana semi-impermeável separando a solução com uma baixa concentração de solvente de uma solução com uma concentração maior de solvente para que um possa permear o outro... O que foi? Por acaso eu gosto das aulas de biologia." Ela deu de ombros.

Todas rimos, o que ajudou a tirar um pouco a tensão da situação.

"O que você quis dizer por conseguir reforços? Por que você se importa se ele ensina mais alguém a colher?"

"Não seria justo", respondeu Abby.

"Eu tenho certeza de que o que você acabou de falar faz perfeito sentido para você, mas estou sem contexto aqui. Por que seria injusto? Não é como se vocês estivessem competindo por algum tipo de prêmio... É?"

Hannah se intrometeu. "Oh. Foi mal. Esqueci de te dizer sobre o grande desafio."

"Que grande desafio?"

A Abby respondeu. "Eu desafiei o Torres para uma competição para decidir quem é o melhor colhedor em New Bern. O ganhador tem direito de se gabar, e preferência nos carros mais legais durante a temporada de verão."

"Hmmm... E o perdedor?" eu perguntei.

A Abby sorriu, algo que eu não tinha certeza de que ela sabia fazer. "O perdedor, também conhecido como Torres, tem que dizer a qualquer um que perguntar que o outro, também conhecida como eu, é a Rainha da Colheita na cidade."

"Ou Rei da Colheita", interrompeu Hannah.

"Confie em mim, Alika. Essa competição já está mais do que ganha por esta que vos fala." Ela fez um pequeno gesto de reverência.

"Quais são as regras? Como você ganha?" Minha mente estava trabalhando mais rápido do que minha boca podia acompanhar.

"Não é tão complicado assim", continuou Abby. "Cada emblema colhido conta como um ponto. O primeiro a colher trezentos e onze pontos, ganha."

Eu tinha que perguntar. "Trezentos e onze? Por que trezentos e onze?"

Abby não perdeu o ritmo. "Porque faz trezentos e onze anos que New Bern foi estabelecida, graças a Christoph von Graffernried, primeiro Barão de Bernberg... O quê? Acontece que eu gosto das aulas de história." Foi difícil não rir novamente.

"O Torres já tem o Alex o ajudando, mas a Abby está fazendo tudo sozinha. Se você começar a ajudar o Torres, será praticamente impossível a Abby ganhar", terminou Hannah.

"Bem, eu não estava me oferecendo para ajudá-lo. Poxa, eu nem sabia desse desafio até agora. E como ele simplesmente me ignorou como se ele fosse um *kahuna fodão,* eu não tenho motivos para ajudá-lo."

"Por que você quer fazer isso, então?" Parecia que a Abby realmente queria saber.

"Eu não vou mentir pra você. Quanto mais eu penso nisso, mais emocionante me parece. Agora que eu sei que existe uma competição para declarar o rei..."

"Ou a rainha..."

"...ou a rainha — obrigada, prima — eu quero ser parte disso. Quantos pontos você tem até agora?"

"Duzentos. E. Noventa. E. Oito", Abby disse com orgulho.

"Caramba! E o Torres?"

Ela fechou a cara. "Duzentos e noventa e sete, se minhas fontes estiverem corretas."

"Uau! Vocês estão quase empatados! Eu não acredito que vocês colheram quase seiscentos emblemas. Quanto tempo levou? Uns dois anos?"

"Começamos logo que a escola terminou para o verão, então deixe-me ver. Estamos em setembro. Isso são quase quatro meses, mais ou menos."

"Isso é incrível! Quanto tempo mais você acha que vai demorar para colher os últimos treze?"

Ela riu. "Eu não preciso colher treze."

"Você não precisa? Mas eu achei que você tivesse dito que precisa de trezentos e onze para ganhar." Eu estava confusa.

"Isso mesmo."

"Então como... Desculpa. O que eu não estou vendo? Se você já tem duzentos e noventa e oito e a meta é colher trezentos e onze, então você só precisa de mais treze. Isso é matemática básica... não é?"

"Ah", interrompeu Hannah, "isso é porque eu não te falei da Maserati."

Eu me virei para ela. "É aquela Maserati sobre a qual você me falou? Aquela com a coroa de metal reluzente com o tridente?"

"É essa mesmo, mas não é qualquer Maserati, é *a* Maserati", disse a Abby. "Ela vale DEZ pontos!"

Fui pega de surpresa. "O que tem de tão especial nessa Maserati?"

"Não é a Maserati que é importante, mas a quem ela pertence que a torna especial."

Hannah fez uma cara de nojo. *"Hmph!"*

"Vai, prima, não me deixe curiosa. Quem é o dono da Maserati?"

"O xerife da cidade." Ela pausou para causar um efeito, depois suspirou. "Que também é o pai do Todd."

"Não *aquele* Todd?"

"Eu gostaria que houvesse outro, mas, *bem*... Quando o Todd nasceu, a natureza fez o recall da receita depois de ver a aberração que o primeiro tinha sido, então... Sim, *esse* Todd."

"Você está planejando colher a Maserati do xerife, então?"

"Sim." Abby sorriu. "No final de semana. Este final de semana, para ser mais específica."

"Espera." Eu levantei minha mão. "Algo não faz sentido." Eu passei meus dedos pelo meu cabelo, um hábito meu para quando tinha um quebra-cabeça para resolver. "Se a Maserati vai te dar mais dez pontos, isso ainda te deixa faltando três pontos. Não é o suficiente para você ganhar."

"Essa é uma boa observação, Sherlock."

"Um, você provavelmente quis dizer Miss Marple, já que o Sherlock Holmes é um personagem masculino e a Kate é..."

"Hannah!" gritamos em conjunto.

"Desculpe. Não posso fazer nada se sou uma grande fã de Agatha Christie." Ela deu de ombros. "Não é minha culpa que eu realmente gosto de ler, sabia?" ela murmurou.

"O que eu quis dizer é que estou bem ciente de que preciso de mais três míseros emblemas além da Maserati para ganhar a competição, e eu tenho um plano. Amanhã à noite vou tomar conta de um dos emblemas. Aí na sexta eu colho mais dois, antes de encerrar tudo para este domingo à noite."

"Você tem que me levar como sua assistente, Abby." Eu estava agitada demais para fingir que não estava interessada em colher meus próprios emblemas. "Eu farei qualquer coisa, e digo qualquer coisa dentro dos limites da lei, se me deixar ir com você amanhã e ver você colher o número duzentos e noventa e nove."

"Por que eu faria isso?" disse ela ironicamente. "Você não tem experiência, e eu preciso agir rápido se vou ganhar a competição antes do Torres. Eu tenho certeza de que não sou a única de olho na Maserati."

"O Torres tem o Alex, o que quer dizer que ele consegue colher duas vezes mais rápido que você se estiver fazendo sozinha." Ela parou, então fui para o golpe final. "É verdade que eu nunca fiz isso antes, mas o que me falta em experiência, eu tenho de rapidez em aprender, e você não encontrará assistente melhor."

A Abby olhou para Hannah, como pedindo a sua opinião, e depois olhou novamente para mim. Ela suspirou. "Tá bom."

"Sério?", eu gritei.

"Sim." Ela suspirou novamente. MAS... Você tem que fazer tudo *exatamente* como eu te disser. Um erro e você está fora. Combinado?" Ela esticou a mão para que eu a pegasse.

"Sim!" Eu ri, dando nela um abraço de urso.

Hannah riu também. "Me deem espaço nesse abraço, vocês. Eu quero um pouco disso também." Abby estava se contorcendo, tentando ficar longe de toda aquela demonstração de afeto, mas suspirou uma terceira vez e cedeu ao abraço.

Antes que ela virasse a rua para ir sentido à sua casa, ela me disse para procurar uma faca boa e pequena em casa e trazê-la à escola no dia seguinte. "Quanto mais fina e menor, melhor", disse ela, antes de desaparecer em sua rua.

4

PEGUE O COELHO

O dia seguinte foi um borrão, porque eu não podia parar de pensar no que ia acontecer mais tarde naquela noite. Eu fui de aula em aula sem prestar nenhuma atenção ao que estava fazendo, me movendo pelos corredores da escola como se tivesse sido programada como uma Roomba, sem o recolhimento do pó.

Eu já tinha planejado de antemão e disse à minha mãe que ia passar a noite na casa da Hannah, o que ela entendeu como um sinal de que eu estava me reaproximando da minha prima depois de tantos anos longe uma da outra. Eu fiz uma mala com um conjunto extra de roupas, meu carregador de celular e uma faca de queijo de inox que meus pais tinham recebido de presente de despedida de um de nossos vizinhos em Kailua, a menor e mais fina faca que possuíamos, ou que eu pude encontrar.

O plano era andar até a casa da Hannah depois da aula e esperar até seis da tarde, quando iríamos para um passeio na praia, dizendo à minha tia que voltaríamos a tempo do jantar. Assim que saíssemos de casa, iríamos para o estacionamento do hotel Double Tree, onde esperaríamos pela Abby.

Hannah e eu passamos o resto da tarde fazendo lição de casa e, quem imaginaria, nos atualizando sobre nossas vidas. No final nós realmente tínhamos muito para conversar, e o que eu aprendi foi que debaixo daquela fachada nerd e todos aqueles dados aleatórios que ela parecia ter na ponta da língua, Hannah era uma garota comum que estava lidando com os mesmo tipos de problemas e inseguranças que qualquer outra colegial de dezessete anos. A hora em que o relógio deu seis da tarde, eu estava realmente triste por termos de parar de conversar e nos preparar para os negócios.

Subimos para o quarto da Hannah para guardar nosso material escolar e eu peguei a minha faca e mostrei a ela.

"Que diabos é isso?" ela perguntou.

"Minha faca de colheita."

"É um pouco grossa para colheita."

"Tem que ser mais fina que isso?", eu perguntei, segurando o fio contra a luz e virando-a.

"A melhor faca é uma faca de filetagem. Mas não muito longa, ou ela irá dobrar e você não conseguirá puxar alguns dos emblemas com pinos metálicos."

"Droga. Eu não tenho uma faca de filetagem. Esta foi a melhor que eu consegui."

"Eu tentaria pegar uma da cozinha, mas minha mãe está lá e consegue farejar a um quilômetro de distância quando alguém vai aprontar."

"Então acho que não tenho escolha", eu disse, colocando a faca no bolso.

"Uh, o que você está fazendo? Por que você colocou a faca no seu bolso?"

"Onde mais eu a colocaria?"

Ela pediu a faca. "Aqui, deixa eu te mostrar." Eu lhe dei a faca pelo cabo.

"O que você precisa fazer é colocar do lado de dentro do seu tornozelo, coberta pela meia. Você é canhota ou destra?"

Levei alguns minutos para entender a pergunta. "Eu sou, uh... canhota."

"Então nós colocaremos no seu tornozelo direito, assim" — ela puxou minha meia direita para baixo — "para que seja fácil para você alcançá-la. Agora nós a cobrimos com a sua meia e ninguém saberá que você está carregando uma faca."

Olhei a minha perna. Ela tinha razão. Se a pessoa não soubesse pelo que procurar, seria praticamente impossível saber que eu tinha uma faca.

Ela continuou. "Na próxima vez que você fizer isso — assumindo que você irá querer fazer novamente — certifique-se de usar calças ou leggings para evitar problemas."

Nós saímos da casa e começamos a caminhar em direção ao hotel. Demorou alguns minutos para eu me acostumar a andar com a faca guardada em meu tornozelo, mas depois de um tempo mal podia senti-la. Eu interpretei isso como um bom sinal, e quaisquer dúvidas que eu tinha rapidamente evaporaram.

Pensei que, por ser o começo de setembro e o ano escolar mal ter começado, o hotel só teria alguns rebeldes ainda em negação de que o verão tinha acabado — mas o estacionamento do Double Tree estava cheio. Havia fileiras e mais fileiras de carros da Virgínia, Geórgia, Carolina do Sul, e até uma SUV lá de Montana.

Passamos caminhando pelo hotel por alguns quarteirões a mais, para não parecer suspeitas. Ainda não havia sinal da

Abby. Viramos e começamos a andar de volta, mas dessa vez sem pressa. Estávamos quase de volta ao estacionamento quando escutamos alguém nos chamando.

"Alika!" Abby tinha acabado de sair do lobby do hotel, andando como se estivesse ficando lá. Era como a raposa saindo tranquilamente do galinheiro. Eu comecei a rir.

"Você está louca?!" eu perguntei. "O que você estava fazendo lá dentro?"

"Estudando o ambiente. Eu queria ver se tinha algum segurança extra fazendo a ronda esta noite."

"Mas não é muito óbvio? As pessoas não vão imediatamente associar você estar aqui com qualquer propriedade roubada do estacionamento?"

Abby colocou a mão em meu ombro. "Tá bom, aqui está a sua primeira lição para a noite. Ninguém, e eu quero dizer ninguém, nota até muito tempo depois, geralmente quando estão lavando seus carros e veem os buracos dos pinos. Os hotéis são bons para fazer colheitas porque a maioria das pessoas estaciona seu carro e não volta a olhá-los ou pensar neles até fazer o check-out. Ainda assim, eles não perceberão nada até que voltem para casa, seja isso quando for."

"Deveríamos nos mover, meninas. Vamos andar na praia e voltar quando estiver mais escuro", disse Hannah.

"Não vamos colher agora?" Eu me senti um pouco irritada.

"Eu gosto da sua animação, jovem *padawan.*" Abby sorriu. "Acredito que você esteja pronta para sua segunda lição. Alguns dos quartos não têm vista para o mar, ou estão de frente para o mar, o que significa que um bom número de quartos possuem vista para o estacionamento."

Eu devo ter feito um bom trabalho em mostrar minha confusão. Um olhar de reconhecimento foi trocado entre a Abby e a Hannah, fazendo com que eu me sentisse uma novata total. "E?", eu disse.

"Eu respondo essa", disse Hannah. "O motivo pelo qual esse é um pedaço de informação muito importante é que qualquer um que esteja hospedado em um quarto, no segundo andar ou mais alto, com vista para o estacionamento, *facilmente* vai ver qualquer um fazendo algo suspeito. Quanto mais alto o andar, melhor a vista, e maior a facilidade de nos identificar. Por isso nós também temos que esperar até que o sol se ponha. É melhor quando há mais sombra."

"O que é a lição número três", disse Abby com um sorriso.

Eu resmunguei. "Quantas lições *existem*? Eu só quero fazer isso."

Elas riram e me puxaram para a entrada da praia ao lado do hotel.

A praia ainda estava cheia, com muitas cadeiras de praia e guarda-sóis espalhados à beira d'água, e muitas famílias aproveitando os últimos raios de sol. O pôr do sol provavelmente demoraria uma hora. Eu respirei fundo e segui as meninas para uma torre de salva-vidas vazia. Fui surpreendida pela sensação de paz, apesar de todas as pessoas se divertindo na água.

Isso me trouxe de volta memórias dos dias que eu passava com meus amigos em Kailua, indo à praia ou andando em nossos skates pela cidade. *Eles ainda estão fazendo essas coisas sem mim?* Eu sentia falta dos meus amigos, mas será que eles sentiam a minha falta? Eu evitava enviar muita informação sobre minha mudança para o continente para qualquer um, esperando que alguém me enviasse uma mensagem ou tentasse falar comigo por Facetime, mas até agora ninguém tinha falado nada, e eu me percebi sentindo um pouco de dor. Acredito, então, que dependeria de mim manter contato e começar a conversa se eu quisesse manter meus amigos.

Olhei em volta e vi que a Hannah e a Abby também estavam quietas, perdidas em seus próprios pensamentos. Tirei minhas meias e sapatos, cuidadosamente colocando a faca no banco, desci da torre e fui caminhar. A sensação da água nas minhas pernas desnudas era muito boa, apesar de não ser tão quente quanto o Oceano Pacífico. À minha esquerda, um bando de albatrozes marrons voou sobre as ondas, quase tocando suas asas na superfície da água. *Será que um albatroz consegue voar até Kailua?* Eu caminhei sem direção por algum tempo, e provavelmente teria andado toda a baía se não tivesse sido interrompida por alguém chamando meu nome. Virei e vi a Hannah e a Abby correndo em minha direção, com seus cabelos rebeldes da brisa do início da noite que soprava do Atlântico.

"Está na hora", disse Hannah sem ar. "O sol está prestes a se pôr e deveríamos ir antes que o pessoal comece a voltar para casa."

Ela me entregou minhas meias e sapatos e me ajudou a colocar de volta a faca. Abby estava prestes a dizer algo, mas eu me antecipei.

"Eu sei, eu sei. Eu deveria ter uma faca de filetar, mas isso foi o melhor que consegui."

Ela jogou suas mãos para o alto e deu de ombros. Nós entramos na rua por uma das saídas da praia e voltamos para o hotel. O estacionamento estava definitivamente mais escuro agora que o sol estava perto do horizonte, como elas haviam previsto.

"Tá bom, Kate. Esta é sua última chance para desistir", ofereceu Abby com um semblante sério. "Não pensaremos menos de você se fizer isso, eu prometo."

Por meio segundo eu considerei aceitar a sua oferta e manter minha dignidade intacta. Mas depois pensei sobre como New Bern era minha nova cidade, como eu queria voltar a ter amigos, amigos de verdade, e sentir como se pertencesse a algum lugar, e toda a minha determinação voltou com força. Não havia volta atrás. Eu queria pertencer e me tornar um deles.

"Vamos fazer isso!", disse com convicção.

"Demais! Eu definitivamente posso usar seu entusiasmo." Abby parecia realmente dizer a verdade. "Aqui está uma nova lição para você, então. Queremos alvejar os carros de fora do estado..."

"...porque não queremos inimigos no território onde vivemos", completei a sua frase. Ela acenou com a cabeça, concordando.

Andamos pelos carros que estavam mais próximos do fundo do estacionamento, usando como vantagem dois contêineres de lixo para nos dar cobertura. Depois de uma rápida verificação para ver se alguém estava sentado em sua varanda olhando para o estacionamento, começamos a selecionar entre as dezenas de carros. A Abby finalmente escolheu o seu alvo: um Volkswagen Rabbit GTI velho amarelo e laranja — em grande parte devido à ferrugem.

"Por que você quer esse carro velho? Por que não aquela BMW da Geórgia?"

"Em primeiro lugar, porque ninguém vai perceber um emblema faltando em um carro que já está caindo aos pedaços por causa da ferrugem. Em segundo lugar", continuou Abby, "há dois emblemas no Rabbit. Um diz Volkswagen e tem aproximadamente doze centímetros, mas o segundo é o que queremos. O que diz *RabbitGTI*, tudo em uma palavra, com uma imagem de um coelho próximo ao *R*. Por acaso eu sei que o segundo emblema está colado com uma substância parecida com cola, que agora já deve ter perdido a maior parte do adesivo. Em outras palavras, o perfeito primeiro emblema para alguém que nunca fez isso antes."

Eu podia abraçá-la. "Brilhante! Então, como eu colho ele?"

"Não vou deixar você ir sozinha, isso é certeza. Esse é o plano. Alika" — ela se virou para a Hannah — "você fica aqui, de olho nas varandas. Se vir qualquer um vindo em nossa direção, nos dê o sinal."

Hannah bateu continência de maneira jocosa.

"Qual é o sinal?" eu perguntei.

"Eu assobio de forma curta e rápida e começo a andar em direção à entrada da praia", disse Hannah. "Nos reagrupamos perto da hamburgueria na Pollock Street trinta minutos depois do sinal."

"Excelente", continuou Abby. "Kate, o que você deve fazer é segurar a faca perpendicular ao emblema, com a parte lisa contra o porta-malas."

"Onde eu começo? Eu coloco a faca no meio? Na esquerda? Na direita? Faz diferença?"

"Excelente pergunta! Você quer começar por um dos lados, mais ou menos a meio centímetro da ponta, e gentilmente levanta o cabo da faca como uma alavanca, para descolar. Quando você sentir que essa parte do emblema está solta, vai para o meio e faz o mesmo, até que você chegue ao final. Tente enfiar a faca pelo menos dois centímetros para dentro antes de tentar levantá-lo, e *por favor* — isso é importante — mantenha a faca colada ao porta-malas, ou você irá riscar a pintura. Não somos vândalos, sabia?" Ela piscou.

"Saquei! Começa das pontas, mantém reto, levantar e continuar. Quanto tempo temos?"

"Vinte segundos, no máximo."

E com isso, ela me levantou e corremos agachadas ao Rabbit, que não suspeitava de nada.

5

RABBI

Apesar do Rabbit estar a apenas alguns metros de onde estávamos, parecia a caminhada mais longa que já fiz. Meu coração batia tão alto em minhas orelhas que eu mal conseguia escutar nada mais. *Será que vou conseguir escutar o sinal?* Minhas mãos pareciam estar grudentas, e a faca ainda guardada na minha meia parecia quente, ou melhor, *pegar fogo* contra o meu tornozelo.

Paramos atrás do para-choque do carro, com nossas costas para alguns arbustos. Eu não podia ver a Hannah, mas a partir de agora eu teria que depender da Abby para voltar à segurança.

“Pegue sua faca”, ela cochichou no meu ouvido.

Eu puxei a faca de queijo com minha mão esquerda, cortando minha perna no processo. “Ai”, eu reclamei.

“Você está bem?”

“Sim. Acho que me cortei um pouco, mas talvez seja só um arranhão.”

“Está bem. Rápido, escolha uma ponta e enfie a sua faca. O tempo está passando.”

Suor começou a cair da minha sobrancelha. Eu limpei com um só movimento do meu braço direito, e enfiei a parte pontiaguda da faca debaixo da letra A.

"Reto", disse Abby. "Segure a faca reta contra o carro."

Eu movi o cabo para baixo, tocando a parte lisa da lâmina contra o lado do carro e gentilmente puxei para cima. O emblema nem se mexeu.

"Use a base de sua outra mão para bater na parte de baixo do cabo, como se estivesse esculpindo madeira. Assim." Abby usou suas mãos para demonstrar.

Eu dei um leve tapa com a base da minha mão direita e a lâmina entrou um centímetro.

"Só mais um pouquinho", ela disse.

"Outro tapa e a faca desceu mais um centímetro, soltando a parte de cima da letra, quase quebrando a orelha do coelho.

"Agora, afaste o cabo do carro, em direção a você, mas de forma gentil."

Eu soltei o cabo, limpei minhas mãos em meus shorts, e peguei a faca novamente, puxando-a contra o carro, imediatamente sentindo o emblema ceder à minha pressão e levantar a ponta esquerda.

"Agora fazemos o mesmo no meio."

Empurrei novamente a lâmina para baixo e à parte do emblema, e escolhi atacar a letra I, dessa vez fazendo exatamente igual à última vez e usando o método de esculpir para garantir que a faca entraria de maneira suave. Então eu afastei a lâmina e senti o objeto inteiro sair e cair aos meus pés. Olhei para baixo, e depois de volta para o carro, e percebi que o emblema havia quebrado, deixando a última letra T e o GTI vermelho grudados em seu lugar.

"Merda!" A Abby entrou em ação, habilmente usando sua própria faca — preta e de lâmina fina — para colher o pedaço quebrado. Ela colocou no bolso de seus shorts e raspou o resíduo de onde o emblema havia quebrado. Em menos de dois minutos estávamos andando pela praia para a hamburgueria.

Hannah já estava lá, esperando em uma mesa vazia. Ela se levantou e me abraçou. Eu comecei a rir e comemorar, cumprimentando qualquer um e qualquer coisa a meu alcance.

"Sim!" Eu gritei. "Woohoo!"

Nos abraçamos e dançamos até que notamos alguns clientes nos olhando, especialmente para mim, que ainda segurava a faca na mão esquerda.

"Seu namorado tentou se engraçar com ela, e ela teve que mostrar quem manda", Hannah ofereceu a explicação, fazendo com que uma senhora mais velha, sentada a algumas mesas de distância, a aplaudisse dizendo palavras de apoio. "É isso aí, garota!"

Pedimos três refrigerantes e uma porção de batatas fritas — "para celebrar", disse Hannah — e nos sentamos em uma mesa mais afastada.

Eu suspirei de alívio. "Não acredito que eu consegui."

Eu então olhei para a Abby, que tinha ficado quieta, e foi quando me lembrei de que tinha quebrado o emblema e falhado em consertar meu erro. Será que ela estava brava comigo? Será que vai me fazer sua assistente?

Finalmente a Abby falou. "Você quebrou o emblema."

Eu olhei para baixo.

"E você o deixou no chão!"

Merda! Eu esqueci completamente de pegá-lo quando ele bateu no meu pé. Eu fiquei de pé e comecei a sair do restaurante.

"Espera!" gritou Abby. "Ainda não terminei com você." Eu andei de volta para a mesa e me sentei.

Abby me olhou nos olhos. "Como eu estava dizendo, você quebrou o emblema." Eu estremeci. "E você o deixou para trás onde qualquer um poderia encontrá-lo e denunciar para a polícia." Eu estremeci de novo. "Você também mostrou muita coragem, e, mesmo que você quase tenha cortado o pé direito na altura do tornozelo" — Hannah começou a rir — "*ainda assim* você terminou sua missão e viveu para ver um novo dia." Ela fez uma pausa dramática. "No geral, eu acho que foi uma primeira colheita de muito êxito." Ela sorriu e me cumprimentou. "Parabéns, novata!"

"Você conseguiu, você conseguiu", cantarolou Hannah ao meu lado. "Você realmente, realmente conseguiu."

"Que pena que eu deixei meu primeiro emblema para trás", eu murmurei. "Teria sido legal mantê-lo como recordação para a minha primeira vez."

"Você tem sorte que eu estava lá." Abby enfiou a mão em seu bolso e me entregou algo por baixo da mesa. Eu peguei e meu coração saltou quando senti o formato do objeto. Hannah e eu olhamos debaixo da mesa ao mesmo tempo e vimos o emblema, ou o que sobrou dele: a figura de um coelho seguido pelas letras *R, A, B, B* e *I*.

"Eu aqui te batizo como Rabbi", Abby disse solenemente, e tocou em cada um dos meus ombros e a minha cabeça com um canudo de plástico. "Um brinde ao número duzentos e noventa e nove." Ela levantou seu copo de refrigerante. Encostamos nossos copos ao dela e bebemos.

"Isso quer dizer que eu estou dentro?" perguntei, genuinamente surpresa.

"Bem-vinda ao Time de Duas, Kate."

Hannah se jogou contra mim, caímos e demos risada.

Comemos nossas batatas fritas, rimos um pouco mais, em grande parte de meu desastre, e planejamos ficar na casa de Hannah no dia seguinte após a escola para que pudéssemos programar nosso próximo alvo. Nós então caminhamos com Abby até a sua casa — uma mansão linda de dois andares com entrada privativa para a praia — e voltamos à casa da Hannah para que pudéssemos jantar e dormir. Assumindo que eu conseguisse dormir. Meu coração ainda estava acelerado como um coelho — Ei! Outro coelho para o dia! — mas assim que encostei a cabeça no travesseiro, apaguei.

No dia seguinte nós caminhamos juntas para a escola e fomos aos nossos armários pegar algumas de nossas coisas. Enquanto eu andava pelo corredor, fui cumprimentada por uma menina mais velha, possivelmente do terceiro ano, que disse: "E aí, Rabbi?"

Eu olhei assustada para a Hannah, mas ela apenas deu de ombros. Como ela sabia sobre a noite passada? Fomos às nossas classes, e algum tempo depois, durante a aula de história, alguns meninos também me cumprimentaram me chamando de Rabbi, o que me deixou nervosa. Quero dizer, se esses estranhos completos sabiam do que tinha acontecido na noite passada, quem mais sabia, e, pior de tudo, já estaria eu com problemas com a lei?

Eu fiquei nervosa a maior parte da manhã e mal podia esperar o horário do almoço para perguntar à Abby o que estava acontecendo. Assim que o sinal tocou, fui direto para o refeitório e fiquei chocada quando uma parte dos formandos ficou em pé e aplaudiu quando eu entrei. Deixe-me repetir. Os *formandos.* Estavam *aplaudindo.* A *mim!* Eu não podia chegar rápido o suficiente à minha mesa.

Tish foi a primeira a falar.

"O que foi isso? Por que aqueles palhaços estavam te aplaudindo?

A Abby, que estava comendo, olhou para mim por um instante e piscou, antes de voltar a comer. *Então a Abby me dedurou.* Mas por quê? Eu ignorei a Tish e me abaixei próximo à Abby, segurando seu cotovelo e a obrigando a olhar para mim.

"Uh, Abby. Você tem tempo para falar comigo agora. Em particular, por favor."

Ela olhou para a comida que ainda restava no prato. "Mas eu ainda não terminei!"

"Aqui" eu disse, pegando sua bandeja. "Deixe que eu carrego pra você. Agora me siga por favor." Eu andei no sentido das portas duplas e encontrei um lugar onde pudéssemos nos sentar e conversar a sós, colocando a bandeja de Abby sobre uma lixeira. Abby estava logo atrás de mim e continuou a comer, como se alguém pegar a sua comida e forçá-la a comer em outro lugar acontecesse regularmente. "Fala, Kate."

"Fala? Você não notou que pessoas aleatórias estão me cumprimentando e me chamando de Rabbi?"

"Ah, sim. Você virou o assunto da cidade", ela disse entre mordidas.

"Ah, que bom! Obrigada por me ajudar a entender a situação."

Ela sorriu. "De nada!"

"Você não consegue notar quando estou sendo sarcástica?!", gritei.

Ela riu. "Eu consigo, mas é muito mais divertido ver você se enrolar."

Eu estava pasma. "Então você *contou* para aqueles caras sobre a noite passada."

"Claro que contei."

"Mas por quê? Para quem você contou?" Eu comecei a suar.

"Kate, relaxa, tá bom? Eu somente contei para as pessoas da competição. Algumas delas podem ter contado para seus amigos próximos, mas eu não me preocuparia se fosse você." Ela voltou a mastigar sua comida.

"Você quer dizer que há mais gente na competição?"

"Ah, sim. Algumas, na verdade. Você achou que eu e o Torres fôssemos os únicos?" Ela pareceu verdadeiramente surpresa. "Nós somos os únicos que passamos da marca de duzentos, mas tem pelo menos mais cinco ou seis pessoas na caça."

Passei os dedos pelo meu cabelo. "Mas por quê? Você ainda não me falou por que contou para eles."

"Eu tive que contar. É uma das regras. Você tem que informar a todos os participantes — há um grupo secreto no Signal que usamos — quando você colhe um emblema. É como mantemos a conta de quem está na frente e como podemos fazer perguntas para garantir que ninguém está falsificando seus resultados. Eles me malharam pelo Rabbit."

"Por quê?"

"Bom, não leve para o lado pessoal, mas ninguém acreditou que você conseguiu, então eu tive que dar-lhes detalhes e postar uma foto do emblema. Bem, o pedaço que eu tinha comigo, de qualquer maneira, já que você está com o outro pedaço. Quando eles me perguntaram que tipo de carro era um "tGTI", eu tive de contar-lhes todos os detalhes e eles foram bem rápidos em entender a parte do Rabbi." Ela riu, pegou sua bandeja e voltou para dentro.

"Te vejo depois da aula!", eu gritei. Ela fez sinal de positivo antes de desaparecer no refeitório.

Ao longo do dia eu fui cumprimentada por outras pessoas aleatórias, incluindo uma menina que insistiu em tirar uma selfie comigo. Se isso era se sentir popular, eu devia começar a ficar acostumada.

Encontrei a Hannah do lado de fora da escola e contei a ela sobre o meu dia e a conversa que tinha tido com a Abby. Ela bateu a palma da mão na testa.

"Putz, é verdade, eu esqueci completamente do grupo no Signal! É parte das regras, sabe? Você tem que postar uma foto do emblema, caso contrário, ele não vale."

"Queria que você tivesse me contado antes. Eu não teria ficado nervosa o dia inteiro." Eu arrumei meu cabelo. "De qualquer forma, quais são as regras?"

Hannah me contou o que ela lembrava enquanto andávamos até sua casa. Eu aprendi que, apesar de as pessoas estarem colhendo emblemas havia mais tempo do que ela podia lembrar — o que no caso dela significava três anos desde que ela estava no colegial — a competição havia sido ideia da Abby, aparentemente depois de uma briga séria que ela teve com o Torres no ano passado. Quando eu perguntei se ela sabia sobre a discussão, ela disse que não tinha ideia, mas eu não acreditei. Entretanto, havíamos chegado à sua casa e, portanto, ela foi salva do interrogatório.

Subi em meu skate e passei pelo Double Tree, olhando rapidamente para o estacionamento para verificar atividade policial, mas, além de estar lotado, não havia nada fora do comum acontecendo. Saltei da calçada para fazer uma curva à esquerda, quando quase bati em alguém que estava parado na esquina oposta.

"Olha por onde anda!", eu gritei, e a pessoa saiu da frente na hora certa. "Desculpe!" Eu consegui parar sem cair. Peguei meu skate e me virei. "Não estava esperando ver alguém parado aí... Torres?"

Ele jogou a mochila sobre o outro ombro. "Rabbi, precisamos conversar."

6

A BALEIA BRANCA

Torres ficou parado com as mãos enfiadas no fundo dos bolsos de seus shorts cargo, suas pernas separadas, firmemente estabelecidas sobre chinelos descoloridos, a mochila jogada sobre o ombro esquerdo. Ele empurrou seus óculos mais para cima do nariz antes de começar a falar.

"Olha, eu não sei como dizer isso sem parecer um completo babaca, então vou simplesmente dizer, tá bom?" Ele pausou e respirou fundo. "Você realmente colheu o Rabbit na noite passada?"

Eu estava momentaneamente em choque, mas não sabia o porquê. Estava ele me chamando de ladra, o que eu era, ou será que ele estava duvidando de que eu fosse capaz de colher? Ele deve ter visto a expressão de raiva no meu rosto, e os poucos segundos de silêncio que se seguiram o obrigaram a falar novamente.

"N-não é que eu não acredite que você seja capaz de fazê-lo", ele gaguejou. "Depois de ver você se apresentar na frente da escola inteira no show de talentos, eu não duvido de que você possa aguentar colher, mas eu preciso saber se foi realmente você ou se a Abby inventou isso."

Eu finalmente encontrei a minha voz. “Por que ela faria isso? Por que ela mentiria?”

“Eu não sei o quanto você sabe da competição, mas a Abby e eu estamos bem próximos de ganhar.”

Acenei com a cabeça uma vez para indicar que sabia do que ele estava falando.

“Bem, eu sei que a Abby está trabalhando sozinha há um tempo, e eu tenho o Alex para me ajudar. Eu também sei como esse concurso é importante para ela. Ela o concebeu e provavelmente quer ser a primeira ‘Rainha de New Bern’ ”, ele falou, incluindo aspas aéreas com os dedos, “então esse tipo de jogada poderia ajudá-la a ganhar alguns corações e convencer outras pessoas a ajudá-la.”

“E você não quer que ninguém a ajude?”, eu perguntei, com o sangue subindo rapidamente dentro de mim. “Isso é completamente injusto com ela e...”

Ele esticou a mão. “Ei, Kate, relaxa.”

Alguma coisa na maneira que ele disse isso, talvez algo em seus olhos, me fizeram parar o discurso que estava nascendo dentro de mim. Eu suspirei e o deixei continuar.

Ele olhou para baixo. “Você me entendeu errado. É uma droga que ela não tem ninguém para ajudá-la. É uma pena que a Alika deu para trás...”

Minha raiva disparou novamente e eu fechei os punhos.

“...o que está tudo bem, também”, ele disse rapidamente. “Eu teria me mijado se tivesse sido pego no flagra, e não ajuda que, de todas as pessoas, ela tenha sido pega pelo Todd.” Ele ajeitou os óculos novamente. “O que eu estou dizendo é que quero ter certeza de que a Abby não está inventando coisas, que ela realmente tem alguém para ajudá-la.”

Espera. Ele estava dizendo que *queria* que Abby tivesse ajuda?

"Estou feliz de que ela tenha alguém para ajudá-la, e se esse alguém é você, ela não poderia ter escolhido assistente melhor."

Meu queixo caiu.

"Hum... Uau! Não era o que eu esperava, especialmente depois que você me dispensou no outro dia e se recusou a me mostrar como colher."

"Eu não podia ter outro assistente, podia? Seria injusto com a Abby. E com todos os outros, também", ele disse rapidamente, virando sua cabeça para a direita como se estivesse verificando se alguém vinha em nossa direção. Mas a rua estava completamente vazia, com exceção de nós dois.

Então ele não me dispensou porque estava sendo um babaca. Ele o fez porque não queria aumentar sua vantagem sobre a Abby. Mas se o objetivo da competição era ver quem chegava a 311 primeiro, por que ele desaceleraria quando poderia ganhar a liderança com dois assistentes? Era orgulho? Será que ele queria fazer tudo sozinho, como a Abby?

"De qualquer forma, eu deveria me desculpar pela maneira que te tratei no outro dia. Eu suspeitei de que alguns dos outros participantes estavam nos vendo conversar, e não queria que eles começassem nenhuma fofoca. Eu quero ganhar da forma justa", ele disse, e seu tom de voz subiu um pouco.

"Isso é legal da sua parte, Torres", foi tudo que consegui dizer.

Ele dispensou meu comentário. Começamos a andar pelo quarteirão. "Há quanto tempo você conhece a Abby?"

"Mais ou menos desde sempre", ele respondeu. "Ambos nascemos aqui, e até onde posso dizer, nenhum de nós dois jamais saiu do estado. Fomos à mesma pré-escola, íamos às festas de aniversário um do outro. É uma cidade pequena, o que você provavelmente notou." Ele sorriu.

Eu comecei a pensar sobre Kailua e como eu tinha tido uma vida similar. Eu também conhecia meus amigos desde sempre, e não havia um evento sequer na minha vida ou na deles, por acaso, em que eu não estivesse para celebrar ou observar. Claro, algumas vezes eu desejava sair de nossa pequena cidade e ver o mundo, explorar outras culturas e lugares; e, ainda assim, depois de explorar todo o mundo e ter conhecido milhões de pessoas diferentes, eu sempre presumi que encontraria meu caminho de volta para a Kailua.

"Você tem muita sorte", disse a ele. "Mas eu realmente só conheci a Hanna até agora, o que provavelmente parece engraçado se você considerar que somos família, ahn? Eu tenho sido filha única até agora, e esta é a primeira vez que eu tenho outros membros da família estendida por perto."

Ele riu. "Isso pode ser uma bênção ou uma maldição, dependendo de como você quer interpretá-lo. Veja meu tio Gus, por exemplo. Ele trabalha na Paint & Autoshop, na Neuse Boulevard."

Eu movi minha cabeça para indicar que eu não tinha ideia de quem o seu tio Gus era e nem onde ficava a Neuse Boulevard.

"Não importa. Meu tio Gus trabalha cinco dias da semana, do nascer ao pôr do sol, não importa o que aconteça. Ele até ganhou um prêmio por ser o funcionário com o maior número de dias consecutivos sem faltar no trabalho, ou algo assim. Todos os dias", ele continuou, "meu tio Gus faz um pouco de cada coisa na loja. Nenhuma tarefa é pequena ou grande demais para ele, e todos que têm problemas com seu carro por aqui não se importam se tiverem de andar um pouco além de seu caminho para vê-lo, porque sabem que, se há alguém que pode arrumar o seu problema, é o tio Gus. Mas, quando ele bate o ponto no final da semana, não existe álcool suficiente em toda a Craven County para satisfazer sua sede. Ele fica embriagado o final de semana todo." Ele pausou. "Ninguém sabe como ele consegue, mas na segunda de manhã ele está de volta na loja, completamente sóbrio e pronto para trabalhar."

"Sem ofensa, mas estou surpresa que não o mandaram embora."

"Nenhuma. Mas o negócio é que ele tem uma lábia tão boa que consegue convencer qualquer um a fazer negócios com ele, o que deve ser o motivo pelo qual eles aturam sua bebedeira. Meus pais o amam de paixão, mas pode ser vergonhoso quando seus amigos mencionam tê-lo visto desmaiado em algum lugar de reputação duvidosa." Ele deu de ombros. "Você sabe o que eles dizem, se você não pode escolher os seus a..."

Eu parei de repente, fazendo com que ele trombasse no meu braço, mandando meu skate direto para o chão.

"O que aconteceu? Você está bem?"

Fiz um movimento para indicar que ficasse quieto e chegasse mais perto. "Você vê aquilo?" Eu apontei para uma casa do outro lado da rua.

"Essa é a casa do Senhor Krakow."

Minha garganta tinha secado. Eu juntei um pouco de saliva na minha boca e engoli. "Não. A magnífica máquina amarelo-clara. Em frente à casa."

"Ah. Você quer dizer o Karmann Ghia Cabriolet?"

"É assim que essa coisa é chamada? Carmen Gia?"

"Kar-mann." Ele pronunciou com ênfase na segunda sílaba. "Karmann Ghia. É alemão, o orgulho e a alegria do senhor Krakow. É realmente lindo!"

Eu atravessei a rua como se fosse atraída por uma força magnética. Torres me puxou para trás de um arbusto antes que eu pudesse tocar no carro.

"O que você está fazendo? Você sabe quem é o senhor Krakow, né?", ele cochichou no meu ouvido. Quando eu não respondi, ele continuou. "O diretor do colégio e um mandachuva por aqui? Olá?"

Eu sabia que ele estava falando, mas não conseguia prestar atenção ao que estava dizendo. Tudo o que eu podia ver, tudo o que eu podia pensar, era sobre como queria colher os emblemas daquele carro maravilhoso.

"Eu conheço esse olhar, Kate. Eu posso reconhecê-lo a um quilômetro de distância, e deixe-me ser o primeiro a lhe dizer que você não quer fazer o que está pensando. Essa é uma das poucas baleias brancas que foram deixadas em paz, por um bom motivo, também."

"O que você quer dizer? Você não quer colher essa belezinha?"

"Todos queremos, confie em mim. Todos os anos temos que desencorajar alguém de tentar fazer o que você está pensando em fazer. Você deveria estar contente de que estou aqui com você, e não sozinha, ou com alguém menos controlado." Ele parecia sério. "O Karmann Ghia do senhor Krakow está fora dos limites."

Muitas perguntas passavam pela minha cabeça, mas tudo o que eu podia articular era "por quê?"

"Tudo bem, vou explicar, mas primeiro devemos ir embora antes que alguém nos veja. Existem três, digo novamente, três emblemas nesse Karmann Ghia. Um," ele começou a contar com os dedos, "o emblema redondo com o V e o W gravados na frente do carro. Se você o colhesse, deixaria um buraco tão grande que seria impossível a alguém não vê-lo, sem mencionar que iria transformar essa beleza em uma aberração. Eu seria o primeiro a chamar a polícia para salvar o carro de ser tratado tão mal." Ele parecia um professor repassando os detalhes de uma experiência complicada. "A dois e a três são mais ou menos relacionadas. Você tem a palavra *Volkswagen* escrita no para-choque traseiro, na esquerda, e as palavras *Karmann Ghia* em uma linda letra cursiva na tampa do porta-malas. Agora, vê como a traseira do carro possui curvas e extrapola com sentido ao para-choque?"

Ele esperou até que eu analisasse a curvatura do carro.

"Se você colhesse esses dois emblemas, o mesmo problema que eu mencionei com o emblema da frente aconteceria, pois seria extremamente óbvio para qualquer um com meio cérebro. O emblema com a palavra escrita em letra cursiva está grudado com três pinos metálicos redondos, e removê-los deixaria três buracos que poderiam ser vistos a um quilômetro. Talvez, se o carro tivesse uma cor diferente, mais escura, você pudesse conseguir, mas amarelo-claro? Nem a pau!", ele terminou com convicção.

Com cada palavra que ele dizia, eu me sentia como um balão desinflando devagar, e na hora que ele terminou eu estava completamente frustrada.

Ele fez um gesto para que eu ficasse em pé novamente, e nós nos afastamos da casa do senhor Krakow e começamos a andar pela rua novamente.

"É por isso que consideramos o Karmann Ghia uma das baleias brancas na cidade. Ele está bem ali, a nosso alcance, quase podemos encostar nele... mas não o fazemos, ou corremos o risco de a polícia começar a prestar atenção àquilo que só acontece com os carros dos turistas."

Nós andamos por alguns minutos em silêncio. Não importava o quanto tentava, eu simplesmente não conseguia deixar de lado o fato de que eu quase tinha colhido meu segundo emblema, mas fui impedida no último minuto. Se ao menos houvesse alguma coisa que eu pudesse fazer para liberar aquela energia acumulada...

Torres acabou com o silêncio. "Eu tenho uma ideia. Você já viu um Ford Ghia?" Era quase como se ele estivesse ouvindo meus pensamentos.

"Não é um Karmann Ghia ou um Alfa Romeo, mas é difícil de resistir. Você tem que vê-lo com seus olhos."

"Ele colocou a mão na minha mochila e me cutucou para que eu o seguisse. Andamos alguns quarteirões até chegar a uma rua sem saída, na qual um sedã branco estava estacionado diretamente debaixo de um carvalho. Nós começamos a caminhar mais devagar e o Torres começou a falar novamente.

"O que você está procurando é um escudo vermelho com a palavra Ghia escrito em prata sobre um banner azul inclinado. Deve estar no para-choque dianteiro. Você não pode perdê-lo."

Eu instintivamente me abaixei e puxei a minha faca do tornozelo direito. "Uou! Essa é a faca que você usou no Rabbit?"

Virei meus olhos e suspirei. "Sim. Eu sei. Eu deveria ter uma..."

"...faca de filetar." Torres pegou sua própria faca e me entregou. "Não foi à toa que você quebrou o Rabbit. Sua lâmina é muito grossa e não tão flexível. Pegue a minha."

Eu hesitei por um segundo, e então coloquei minha faca de volta em minha meia e peguei a lâmina de sua mão. Era muito mais leve que a minha e parecia mais confortável em minha mão. Eu lhe entreguei meu skate e minha mochila sem cerimônia e andei até o carro. Eu me aproximei do lado da calçada, para que pudesse sumir em um arbusto caso alguém saísse de uma das casas do outro lado da rua.

O carro ainda estava quente, o que provavelmente queria dizer que alguém o havia dirigido recentemente. Eu me agachei atrás do carro com minhas costas para a árvore e rapidamente encontrei o que procurava. Torres estava certo. O emblema parecia como um brasão em uma armadura brilhante e tinha aproximadamente quatro centímetros. Eu encostei a lâmina da faca contra o carro, e em segundos tinha arrancado o emblema e estava voltando para me encontrar com ele.

"Continue andando", ele me disse, carregando as minhas coisas enquanto voltávamos pelo mesmo caminho que tínhamos vindo. Eu o alcancei e peguei minhas coisas de volta. Andamos por mais alguns quarteirões até que ele parou e se virou para mim. "Você conseguiu? Posso ver?"

Eu coloquei a mão no bolso e tirei o emblema, ainda com a fina camada de adesivo preto grudada na parte de trás. Agora que o vi mais claramente, pude admirar como realmente era bonito. Não era à toa que as pessoas eram atraídas a esse emblema específico. Eu o mostrei para o Torres.

"Você conseguiu!" Ele me olhou radiante. "E o fez perfeitamente também. Vê como essa coisa preta ainda está grudada na parte de trás? Isso é sinal de que você o colheu sem danificar o carro. Nada mal para o seu segundo emblema, hein?"

Ele pegou o telefone e tirou uma foto.

"Por que você fez isso?", eu perguntei.

"Precisa ser reportado", ele disse enquanto digitava no seu telefone, "ou então não vale."

Ele continuou digitando, e nós continuamos andando até que estávamos em frente à minha casa. "Aqui", eu disse, receosamente lhe entregando o emblema e sua faca.

"Não posso ficar com isso", ele disse, dando um passo para trás. "Você o colheu, você fica com ele."

Eu estava tão feliz que, antes que percebesse o que estava fazendo, estava abraçando o Torres. Ele ficou parado até eu soltá-lo.

Ele limpou a garganta e sorriu. "É seu."

"E a faca?"

"Fique com ela também", ele disse, imediatamente levantando as duas mãos para o caso de eu o abraçar novamente. Ambos rimos.

"Obrigada, Torres. Você é bem legal."

Ele sorriu. "Você também é bem maneira... Rabbi."

"Te vejo por aí."

"Até", ele disse e sumiu.

Eu coloquei a faca e o emblema dentro da minha mochila e tinha acabado de abrir o portão da frente da nossa casa quando meu telefone tocou com uma mensagem de um número desconhecido. Eu destravei o telefone e abri a mensagem.

"Você está me traindo?"

7

TRÉGUA

Fui direto para o meu quarto e fiquei olhando meu telefone. *Quem é essa?* Eu pensei. Por que alguém me acusaria de traição? A não ser que...

Eu: *"Abby?"* Mandei uma mensagem de volta.

Abby: *"Torres postou uma foto de um emblema. Ele alega que você colheu para ele."*

Eu: *"Não para ele. Com ele. Ele disse isso, que eu colhi para ele?"*

Abby: *"Bem... não. Não exatamente."*

Eu: *"Que bom!"*

Eu: *"Olha, o Torres veio falar comigo depois da aula."*

Abby: *"Para quê?"*

Eu: *"Ele foi legal. Queria conferir se eu estava te ajudando."*

Abby: *"E o que ele tem a ver com isso? Ele tem o Alex."*

Eu digitei o mais rápido que pude.

Eu: *"Ele queria se certificar de que você estava tendo ajuda. Acredita que você merece ter alguém te ajudando."*

Eu: *"A não ser que ele seja um grande ator, o que não acredito que seja, ele parece te querer bem, sabia?"*

Abby: *"Ah-ham... Duvido! O Torres não se importa com ninguém!"*

Abby: *"Tudo o que importa para ele é seu futebol idiota e ganhar o campeonato estadual."*

Eu não sabia o que dizer, então tentei desviar o foco.

Eu: *"Não posso dizer que eu tenho uma opinião. Mal conheço o cara, mas ele me parece sincero."*

Eu: *"De qualquer forma, estávamos andando pela East Front Street e ele me impediu de colher um Karmann Ghia."*

Abby: *"Do senhor Krakow?"*

Eu: *"Sim."*

Abby: *"Você não pode colher uma baleia branca! Isso não é colher, é roubo! É diferente."*

Eu: *"Bem, eu aprendi minha lição, tá bom? Graças ao Torres."*

Eu: *"Então ele me levou ao Ford Ghia na Edgerton Street."*

Abby: *"A pergunta é, por quê? Por que ele fez isso?"*

Eu: *"Eu não sei. Talvez ele quisesse fazer algo legal?"*

Abby: *"Eu duvido."*

Eu: *"Eu colhi o Ghia. Foi demais! E como fui eu quem fiz, ele disse que devia ficar com o emblema. Ele até me deixou usar a faca dele."*

Abby: *"Parece que você realmente deixou uma boa impressão."*

Eu: *"Eu realmente acho que ele estava sendo legal. Ademais, ele parecia mais interessado em ter certeza de que você tinha uma chance justa de ganhar."*

Alguns segundos agonizantes se passaram, nos quais eu conseguia ver os três pontinhos que significavam que ela estava digitando algo, mas ela deve ter mudado de opinião, porque não respondeu.

Fui até a cozinha fazer um sanduíche de pasta de amendoim com geleia, e conversei com a minha mãe, que estava fazendo uma pausa do trabalho. Ela é Diretora de Engenharia de Qualidade para a Red Hat, a empresa de software de código aberto baseada em Raleigh, e um dos benefícios que eles oferecem é trabalho remoto em tempo integral. Isso foi uma mão na roda quando meu pai teve uma oferta de emprego e foi convidado a se mudar para a Costa Leste. Desde que ela tenha uma conexão de internet estável e um estoque sem fim de café bom, ela está bem.

"Como está a escola nova, querida? Já fez alguma amizade?"

Eu tomei um pouco de leite frio antes de responder, mas ainda tinha pasta de amendoim grudada no céu da boca, então sorri e fiz que sim com a cabeça.

"Um-hum." Tomei outro gole grande de leite e engoli. "Alguns."

"Fan-tás-ti-co!" ela exclamou. "Amigos nunca são suficientes. Desde que..."

"...eles me apoiem e respeitem quem eu sou", completei seu familiar mantra. Ela sorriu e me deu um abraço, beijando meu cabelo.

"Como está o trabalho? Você se sente diferente agora que está a, o quê, quatro... não, cinco horas à frente das pessoas com quem você trabalha?"

Ela colocou mais café na caneca e se sentou ao meu lado.

"Tem sido um desafio interessante, com certeza." Ela tomou um gole, fechando os olhos para melhor apreciar o gosto e o aroma, como dizia sempre. "Eu não vou mentir pra você", ela começou. "Eu sinto falta da minha equipe no Havaí."

"Isso é tudo de que você sente falta de casa?" perguntei, um pouco desapontada.

"Claro que não! Tem muita coisa de que eu sinto falta em Kailua neste momento. Tem *aku* seco, sementes azedas de *crack, haupia,* panquecas *lilikoi*..." Ela começou a contar nos dedos.

Eu ri. "Você está me deixando com fome, e eu acabei de comer um sanduíche."

"Eu sinto falta da nossa antiga vida e dos nossos amigos", ela continuou. "Mas esse trabalho é muito importante para o seu pai, e como você está quase a caminho da faculdade..."

"Eu ainda tenho mais dois anos pela frente", comecei.

"Nós apenas adiantamos nossos planos um pouco."

"Ainda não sei o que quero fazer depois do colégio. Quero dizer, não consigo visualizar o que eu vou fazer da minha vida, sabe? Eu não sinto que seja boa em nada, a não ser que você conte... Esquece."

"O quê? O que você ia dizer?" Ela me olhou com ar questionador.

Eu falei a primeira coisa que me veio à mente. "Andar de skate. A não ser que você considere andar de skate."

"Bem, o Tony Hawk era um skatista profissional, não era? Eles até fizeram alguns jogos de computador com seu nome."

"Eu não sei, mãe. Eu não sei se eu quero um jogo com meu nome também. Talvez eu deva seguir seus passos e me tornar uma engenheira de software. Aí você poderia me contratar", eu brinquei.

Ela se animou. "Isso podemos conseguir, apesar de que eu mesma não poderia contratar você. A Red Hat tem um programa de estágio de verão muito legal e..."

Ping! O laptop dela soou do outro quarto, fazendo-a parar no meio da frase.

"Continuamos outro dia?", ela perguntou.

"Outro dia." Eu sorri.

Ping! Desta vez foi meu telefone me notificando de uma mensagem de texto.

"Parece que você já está no caminho certo", ela disse de seu escritório. Eu peguei o telefone e abri a mensagem.

Abby: *"Então, nós acabamos de ter uma chamada de vídeo no Signal, e o emblema que você colheu foi adicionado ao meu total."*

Abby: *"Nós agora estamos a somente onze pontos de ganhar tudo!"*

Eu: "Chee-hoo!"

Abby: *"Hein?"*

Eu: *"Desculpe, isso só faz sentido no Havaí. Eu quis dizer yay!"*

Abby: *"No início as pessoas estavam confusas porque sabiam que estávamos trabalhando juntas, mas foi o Torres que postou a foto."*

Abby: *"Algumas pessoas disseram que sua colheita não seria contada, pois eles alegaram que você estava trabalhando de maneira independente."*

Abby: *"Mas o Torres defendeu você e disse a todos que você estava trabalhando sob minha direção, o que ambas sabemos que não é verdade..."*

Eu: *"Ele mentiu por você?"*

Abby: *"Parece que sim, mas tenho certeza de que pedirá algo em troca. Eu não confio nele."*

Abby: *"Você vem pra minha casa? Precisamos planejar nosso próximo passo."*

Eu: *"Sim. Saio assim que a Hannah chegar aqui."*

Abby: *"Tá bom, te vejo em breve."*

Eu peguei a minha mochila, dei um beijo de tchau na minha mãe e fui lá para fora esperar pela Hannah. Ela foi deixada pela minha tia, que estacionou em frente à nossa casa e entrou para tomar um copo de café, dizendo que ia esperar que voltássemos. Eu peguei meu skate e começamos a andar em direção à casa da Abby.

"Ei, prima! Parabéns pelo emblema do Ghia! Eu ainda me lembro do meu primeiro", ela disse com tom de nostalgia. "Você está sabendo do Torres e do Alex?"

"Obrigada. Não, não estou." Eu balancei a cabeça. "O que aconteceu?"

"O que aconteceu é que eles estão planejando uma maratona de colheita amanhã à noite. Eles estão atrás de você e da Abby por dois emblemas."

"Como você sabe do emblema do Ghia? E como sabe que eles vão colher amanhã à noite? Você falou com eles na última hora?" Eu provavelmente parecia paranoica, mas como as pessoas estavam sabendo de coisas que eu não estava contando a ninguém, a não ser meus amigos mais próximos?

"*Duh!* Estamos no Signal e falamos sobre a competição a todo momento. Você ainda não o instalou em seu telefone?"

"Uh, não. Eu não achei que tivesse que contar para o mundo que eu estava colhendo emblemas", eu disse sarcasticamente. "É seguro?"

"Claro! O grupo é privado e todas as mensagens são criptografadas em um processo relativamente complicado — o que eu posso explicar se você estiver interessada — então não há maneira de alguém espionar, a não ser que fosse convidado para o grupo por um dos administradores."

Eu ri. "Você é simplesmente uma caixinha de surpresas, não é, prima?"

"O que eu posso dizer?" Ela deu de ombros. "Eu sou uma garota com muitos interesses saudáveis."

Na casa da Abby, nós a encontramos sentada em uma cadeira Adirondack vermelha, do lado de fora, trabalhando em seu laptop. Ela estava tão focada no que quer que fosse que ela estava trabalhando, que pulou da cadeira quando a Hannah tocou o seu ombro e cochichou: "*Boo!*"

"Credo, Alika! Você poderia ter me matado. *Jizuis!*" Ambas rimos dela.

"No que você está trabalhando aí? Algum trabalho que eu deveria estar fazendo também?", perguntou a Hannah.

"*Nah.* Eu estava olhando o mapa de ruas de New Bern. Estava procurando algum lugar que pudéssemos ter esquecido e que poderíamos visitar amanhã."

"Você encontrou algo interessante?" perguntei, me agachando ao lado dela e olhando a tela do laptop.

"Está vendo aqui?" Ela apontou para um ponto na tela. "Há um novo restaurante japonês chique de carne e frutos do mar ali. Bem, mais ou menos novo. Eu ouvi meu pai dizer à minha mãe na outra noite como a rua fica movimentada com todos os turistas comendo ali. Ele disse que nunca viu tantas Beamers no mesmo lugar. Era como se a mãe de todas as Beamers fizesse seu ninho lá, e todas as Beamers bebê saíssem de seus ovinhos." Ela riu.

"É lá que você quer ir amanhã à noite? Não é muito aberto para fornecer cobertura?", perguntou Hannah.

"Talvez... Mas era o que eu estava estudando antes de vocês quase me matarem de susto. Estava olhando a vista da rua para ver se temos como colher alguns emblemas sem nos expormos tanto."

"E o que você descobriu?", eu perguntei.

"Estava chegando lá. Há um estacionamento pequeno e privado logo atrás do restaurante, que provavelmente é usado pelo dono e pelos funcionários. Eu aposto com você que ninguém estará olhando para os carros estacionados lá, com todos os carros chiques e pessoas saindo pela porta da frente."

"Eu preferiria colher alguns Beamers, mas é um ponto válido para alvejar os carros nos fundos. O que você acha, prima?", Hannah me perguntou.

"Eu somente colhi dois carros, nenhum deles uma BMW, então eu estou curiosa para ter um. Mas para ser honesta, eu não tenho preferência." Eu pausei. "Eu farei o que você achar que é melhor, mas se uma Beamer por acaso aparecer na minha frente, espero que eu possa pelo menos tentar."

Hannah sorriu. "Justo."

"Por falar nisso, a Hannah me disse que o Torres está planejando nos alcançar amanhã à noite?"

"Pois é." Abby virou os olhos. "Ele estava dizendo a todos no Signal para estarem preparados para a campanha de 'Choque e Fascinação' que ele estava por 'soltar'."

"Ele ainda está preso no duzentos e noventa e oito?"

"Sim", disseram juntas Abby e Hannah.

"Hmmmm. E se..." eu pausei.

"O quê?" elas perguntaram simultaneamente.

"Agora, não fiquem bravas comigo, mas..."

"O quê?" Abby estava impaciente.

"E se ajudássemos o Torres?"

"Ajudá-lo?!" gritou a Abby. "Você está louca? Por que nós faríamos isso, doida?!"

Estiquei meus braços à minha frente. "Apenas me escute."

"Não, Kate. Absolutamente não." Abby estava decidida, mas a Hannah intercedeu. "Apenas a escute, Abby... okay?"

"*Hmpf.* Tá bom! Mas seja rápida."

Passei meus dedos no cabelo e respirei fundo.

"Estava pensando o seguinte. Se saíssemos em um encontro duplo de colheita..."

"Um encontro? Com o Torres? Eca, nojento! Não", Abby interrompeu, mas recuou quando Hannah lhe deu um olhar.

"Um encontro duplo de *colheita*", eu disse, "no qual trabalharíamos juntos, como uma equipe, e dividiríamos as prendas metade para cada um ao final da noite. Ainda somaríamos ao nosso total e estaríamos à frente deles."

"Mas por que, *Jizuis*, nós os ajudaríamos? Não é como se eles tivessem saído de seu caminho para me... nos ajudar antes." Abby cruzou os braços.

"Bom, tecnicamente, sim", disse Hannah.

Se um olhar pudesse matar, a Hannah teria sido esquartejada, esmiuçada, cremada e teria suas cinzas espalhadas aos quatro ventos pelo olhar que recebeu da Abby.

"Como?" ela soltou, seguido por "Quando?", parecendo uma metralhadora.

"Esta noite." Agora era a vez de Hannah cruzar os braços, com um olhar triunfante em seu rosto.

Era verdade, claro. Graças ao Torres nós havíamos colhido o número trezentos nesta noite.

"Abby", eu comecei.

"Eu sei, eu sei." Ela suspirou e fechou o computador. Suspirou novamente e me olhou. Ficamos em silêncio por provavelmente dois minutos, e assim que o desconforto se tornou insustentável ela disse "Tá bom!", com a frustração e a raiva visivelmente se esvaindo dela.

Hannah e eu fizemos uma dancinha feliz em volta dela e a tiramos da cadeira, forçando-a a dançar conosco até que estivesse rindo.

Decidimos que, ao invés de fazer nossa oferta ao Torres no Signal, no qual todos poderiam ver — "Isso não é uma coisa boa?", Abby perguntou. "Mostrar aos outros que estamos sendo legais com eles?" — nós esperaríamos até a hora do almoço no dia seguinte e conversaríamos com Torres e Alex cara a cara. Queríamos fazer algo legal para eles, mas não queríamos que parecesse que estávamos esfregando em suas caras.

Minha mãe tinha pedido comida para o jantar, e quando chegamos em casa havia uma pilha de pizzas personalizadas e um pote de salada de rúcula com espinafre nos esperando na cozinha. Hannah e eu escutamos música e comemos, enquanto nossas mães estavam sentadas no terraço, tomando vinho e lembrando de suas infâncias.

Eu me sentia muito bem ao ver minha mãe feliz e passando tempo de qualidade com sua irmã. Depois de viver longe de sua família por quase duas décadas, ela parecia feliz de voltar para seu território antigo e ter a possibilidade de a minha tia vir a casa sem ser anunciada a qualquer momento que quisesse. Ao contrário de um livro que minha mãe citava por muito tempo, creio que você poderia, sim, voltar para casa.

Abby combinou com Torres e Alex para que nos encontrassem para o almoço no dia seguinte. Então nós pegamos nossa comida do refeitório e fomos para o meio da pista de corrida comer com eles. Eles já estavam engolindo o seu almoço quando nos sentamos. Torres nos cumprimentou com a cabeça, mas Alex foi o primeiro a falar.

"Ah, se não é a *Kate by the Ocean*, também conhecida como Rabbi... Parabéns na sua colheita noite passada." Ele esticou a mão para que eu o cumprimentasse. "E aí, Abs, Alika?"

Sentamos em um círculo, nossas bandejas de comida servindo de linha limitante entre os dois grupos. Nós comemos em silêncio por um momento, até que Torres o rompeu.

"Então eu escutei dizer que vocês têm uma proposta para nos fazer?" Ele perguntou e depois brincou. "Vocês estão prontas para reconhecer que nós somos os campeões?

"Em seus sonhos, quatro-olhos", disse Abby.

"É melhor vocês dois se comportarem, caso contrário eu os amarrarei juntos como salame siamês e deixar vocês aí, onde todos podem ver." Alex estreitou os olhos e balançou o dedo contra eles. "Essas crianças."

Isso fez com que todos rissem, relaxando a tensão.

"Bom, aqui está nossa proposta, Torres", começou a Abby. Todos os olhos estavam voltados para eles. "Nós estamos agradecidas por sua ajuda na outra noite..."

"*Nossa* ajuda", ele interrompeu.

"Estamos *agradecidas*", ela continuou, "e achamos que nada mais justo do que retribuirmos o favor."

Alex se intrometeu. "O que você quer dizer?"

Abby lhe deu um olhar congelante, que os fez levantar as mãos como forma de pedir desculpas. Ele fez um gesto para que ela continuasse.

"Como eu estava dizendo, nós gostaríamos de devolver o favor, então temos uma proposta para vocês."

"Ah!" Alex esfregou as mãos. "Isso deve ser boooooooom..." Torres então perguntou: "O que você tem em mente, Abby?"

"Uma trégua. Eu quero oferecer uma trégua e uma noite de colaboração entre nossas equipes."

Ele se inclinou para a frente. "Continue falando."

A Hannah não podia mais lidar com o teatro de toda a situação e se intrometeu.

"Nós encontramos um lugar Premium, com um monte de Beamers e carros de luxo. Pensamos que pode ser um alvo fácil e queremos dividi-lo com vocês."

Alex assobiou como forma de apreciação. Parecia doer na Abby, mas ela continuou. "Nós achamos que esse lugar não foi descoberto por ninguém ainda, então será fácil. O acordo é trabalharmos juntos e dividirmos as prendas meio a meio no final da noite."

Alex estava prestes a dizer alguma coisa, mas Torres o parou com um gesto de mão. Ele olhou demoradamente para Abby antes de falar.

"Isso é muito bondoso de sua parte, Abby. E você, Alika, e Rabbi." Ele olhou para cada uma de nós antes de voltar a olhar para a Abby. "Mas eu espero que vocês não se sintam ofendidas se eu achar a oferta boa demais para ser verdade."

Abby estava ficando visivelmente irritada, mas eu me intrometi antes que ela pudesse falar. "Não tem nada oculto, Torres."

Ele olhou para mim.

"Nós realmente agradecemos a sua ajuda no outro dia. Você me salvou de cometer um erro com a baleia branca do senhor Krakow, quando você poderia ter simplesmente continuado andando e me deixar com o problema na mão." Eu toquei meu peito do lado do coração com a mão e dei meu melhor olhar de agradecimento. "Nós queremos ajudar vocês, mas não é caridade", eu continuei. "Nós iremos somar à nossa conta também, então a corrida continua."

"Nós ainda ganharemos a competição e esfregaremos a vitória em seus narizes, quando formos declaradas Rainhas da Cidade", Abby disse desafiadoramente.

Torres pegou sua bandeja e ficou em pé, rapidamente seguido pelo Alex. "Quando você quer fazer isso?", ele perguntou à Abby.

"Amanhã à noite. Perto do horário do jantar."

Ele arrumou seus óculos e olhou para cada uma de nós novamente antes de responder. "Eu te responderei mais tarde hoje. Vamos, Alex." Ele se virou e foi embora. "Senhoritas..." Alex se curvou exageradamente e o seguiu.

"Bem, eu diria que tudo foi bem, o que vocês acham?", brincou Hannah.

A Abby estava de mau humor, então pegamos nossas bandejas e nos levantamos justo quando o sinal começava a tocar. Hoje não íamos passar a tarde juntas depois da aula, já que estávamos planejando sair no dia seguinte à noite, então eu caminhei com a Hannah até sua casa antes de subir no meu skate e ir até a minha.

Às oito da noite, meu telefone tocou com uma mensagem de grupo do Torres. *"Estamos dentro"*, ele disse. *"Me mande uma mensagem com o local e o horário e estaremos lá."*

8

MISSÃO À PARTE

Eu acordei me sentindo um pouco mal e com uma leve febre, o que me fez surtar com medo de perder aula em um dia tão importante, o que me deixou ansiosa, e por sua vez me fez ficar ainda pior. Eu me arrastei para fora do meu quarto e procurei minha mãe para que me desse algum conselho.

"Você está levemente febril", ela disse, verificando minha temperatura gentilmente, tocando seus lábios em minha testa, como era de costume. "Você quer faltar à aula? Eu posso ligar para eles e explicar que você não está se sentindo bem."

Em qualquer outro dia eu pularia na oportunidade de ter o dia de folga da escola para fazer o que eu quisesse, mas não hoje. Eu não queria perder nada, então tomei um par de comprimidos de ibuprofeno, peguei uma barra de granola do armário e fui para a escola, prometendo à minha mãe que beberia muita água e lhe telefonaria caso quisesse ir pra casa.

Para mim o dia se arrastou, e, por mais que eu tentasse me animar e me convencer de que estava tudo em minha cabeça, me sentia péssima quando cheguei ao refeitório para o almoço.

"Meu Deus, você não me parece nada bem, Kate. Você está bem?" perguntou a Natty.

Abby e Hannah, que estavam conversando baixo no canto, olharam para cima quando ouviram meu nome.

"E aí, prima? Você está com cara de quem está prestes a vomitar." Hannah segurou a minha mão.

"Eca", disseram Tish e Liza na mesma hora, se afastando de mim.

"Eu realmente me sinto um pouco nauseada, mas ficarei bem." Eu me sentei ao lado de Hannah e fechei os olhos.

"Você quer que acompanhemos você até a enfermaria?" perguntou Abby.

"Você está menstruada?" Hannah cochichou alto o suficiente para a mesa inteira virar para mim.

"Eu não sei... Talvez?" Eu estava muito tonta para me importar.

"Aqui, tome isto." Hannah me deu algumas pílulas rosa achatadas e redondas. "Isso deve ajudá-la com o inchaço ou com cólicas." Antes mesmo que eu pudesse recusar a oferta, ela empurrou as pílulas em minha boca e enfiou o canudo do batido de chocolate que estava tomando na minha boca. "Deixe-me pegar mais leite pra você, mas sem comida por agora, tudo bem?" Ela se foi antes que eu pudesse dizer qualquer coisa.

Encostei minha cabeça na mesa e dormi, acordando somente quando o sinal tocou. A Abby e a Hannah insistiram em me levar para a enfermaria, mas eu me sentia um pouco melhor e disse que as veria depois da aula.

Pelo restante do dia, um monte de gente veio me perguntar se eu estava bem ou se eles podiam me ajudar a me locomover, o que me fez sentir bem pela primeira vez desde a mudança. Até um menino que eu nunca tinha visto carregou minha mochila até o meu armário, dizendo em voz baixa que era um prazer ajudar uma colega colhedora. *Eu poderia me acostumar com isso*, pensei.

Estava perto de me sentir cem por cento melhor quando chegou a hora de me encontrar com a Hannah e com a Abby lá fora, e a primeira coisa que fiz foi dar um imenso abraço na Hannah.

"Obrigada, prima. Você é a melhor!" Eu a abracei mais forte.

"Olhe quem está de volta do mundo dos mortos", brincou a Abby. "Eu estava começando a pensar que ia ter de realizar a colheita sozinha com aqueles dois palhaços."

"Eu não perderia isso por nada." Eu sorri. "A que horas vamos nos encontrar?"

"Eu já lhes enviei o endereço, e nós combinamos de nos encontrarmos às sete em ponto a dois quarteirões da rua do lugar, para que possamos decidir a melhor estratégia", respondeu Abby. Ela se virou para Hannah. "Você virá conosco?"

"Por mais que eu queira passar tempo com vocês, eu não posso voltar atrás na minha decisão. Não me leve a mal", ela adicionou rapidamente, "eu ainda amo colher, mas me sinto mais confortável ajudando dos bastidores."

Abby mexeu a cabeça como quem tinha entendido e se virou para mim. "Beleza. Então eu pego você na sua casa, e caminharemos juntas até o local do encontro. Se você precisar de uma desculpa para estar fora de casa depois de escurecer, pode dizer aos seus pais que estaremos assistindo a um filme na minha casa."

"Que filme?"

A Abby olhou para a Hannah com um olhar confuso. "Isso importa, Alika?"

"Claro que importa", ela disse, de maneira assertiva. "O diabo está nos detalhes. Você quer ter um álibi convincente no caso de perguntas depois."

"Tá bom, então você escolhe o filme."

"Hmm, nesse caso, você deveria assistir *A Noite dos Mortos-Vivos*. É um clássico e combinará com o tema do Dia das Bruxas, que não está muito distante." Ela riu de sua lógica, me fazendo rir.

"Beleza, vamos assistir isso esta noite." Abby revirou os olhos e sorriu também. "Te pego mais tarde, Kate."

Eram seis e quinze da tarde quando Abby me enviou uma mensagem.

Abby: *"Pronta? Estou aqui fora."*

Eu: *"Você chegou cedo! Tudo bem?"*

Abby: *"Eu sei. Tem algo que quero te mostrar. Você pode sair?"*

Eu: *"Claro. Saio em um instante."*

Abby estava do lado de fora da casa usando um moletom com capuz escuro e *leggings*. Ela se virou quando percebeu que eu estava olhando a sua roupa.

"Gostou? É minha roupa especial para eventos de colheita especiais."

"Eu gosto. Eu deveria me trocar?", perguntei, olhando para minha bermuda verde-clara e minha camiseta do Nirvana.

"Nah, não queremos nos sobressair do pessoal tanto assim. É bom que não estamos usando roupas similares. Agora siga-me. Tenho uma surpresa pra você."

Começamos a andar em direção à escola.

"Por que estamos indo por aqui? O restaurante não é pra lá?", perguntei, apontando para o outro lado da cidade.

"Paciência, Kate." Ela riu. "O restaurante é o prato principal, mas pensei em lhe dar a chance de ver a sobremesa primeiro."

Eu ri e decidi não fazer mais perguntas. Uma brisa leve estava soprando em nossas costas, me dando um leve arrepio e me fazendo desejar que eu também tivesse usado meu moletom. Nós andamos por alguns quarteirões em silêncio, com a Abby aparentemente perdida profundamente em seus pensamentos.

Ela não parecia ser o tipo de pessoa que se importava em ser popular; então por que ela se importava tanto em ganhar a competição e ser declarada a Rainha de New Bern?, eu me perguntava. Ela passava a impressão de ser alguém com uma personalidade forte, sempre certa do que fazer e dizer. Ela era linda, também. Não me parecia que ela precisasse do título real para melhorar sua popularidade. Eu, por outro lado, poderia usar um pouco de notoriedade para subir o número de membros do meu fã-clube com mais algumas pessoas.

Fui trazida de volta à realidade quando Abby parou de andar e me puxou de lado, fingindo amarrar o cadarço.

"Você vê aquela garagem no final da rua?", ela sussurrou.

Ao final da rua havia uma impressionante *caraca, isso é enorme!* mansão na ponta da rua sem saída, com uma garagem gigantesca para três carros anexa a ela. Foi difícil não parar e encarar, fascinada pela beleza do lugar, que estava escrupulosamente iluminado por uma série de luzes mirando na entrada principal.

"Quem mora aí? Eles devem ser milionários."

"Esta é a casa de praia do prefeito. Aparentemente a casa que ele tem nas montanhas é ainda melhor. Mas eu não trouxe você aqui para admirar a casa dele, e sim pelo que está dentro da garagem."

"Hum, você quer dizer a 'enorme garagem', que é maior que minha casa, com uma..." — comecei a contar — "...duas, três, *quatro* luzes, fazendo que pareça um estádio de futebol em noite de jogo?"

"Essa mesma."

"E como entramos nessa Fortaleza de Luz sem sermos pegas?"

"Fortaleza de Luz, eu gosto disso." Ela riu. "Bom, essa não é a minha primeira visita à casa do prefeito. Tenho monitorado a área por algumas semanas, e acho que encontrei uma maneira de entrar. Uma maneira *segura* de entrar", ela concluiu rapidamente.

"Sou toda-ouvidos, Futura Majestade."

"Está vendo como o final da garagem é rodeado por esses arbustos e árvores no fundo?" Ela apontou. "Outro dia eu estava quebrando a cabeça para entrar na garagem, mas não conseguia imaginar uma maneira que não envolvesse uma massiva falta de energia afetando toda a Costa Leste, então decidi ver se havia um modo de acesso pelos arbustos. Eu fiquei toda arranhada, e devo ter perturbado algumas cobras, mas acontece que há uma pequena entrada no fundo da garagem na qual o prefeito coloca um par de cadeiras Adirondack."

Por que alguém colocaria cadeiras atrás da garagem?, eu me perguntei. *Por que alguém importante como o prefeito construiria uma coisa que precisaria dos Navy Seals para entrar?*

"Bem", ela riu, "acontece que há uma porta na parte de trás da garagem, que leva a uma clareira no meio dos arbustos." Ela continuou antes que eu pudesse interromper. "A melhor parte é — você está pronta pra isso? — que eles não trancam essa porta!" Ela me olhou como se tivesse acabado de revelar o segredo para a vida eterna.

"Deixe-me adivinhar", eu ofereci. "Eles não esperam que ninguém seja idiota o suficiente para entrar pelos arbustos e pelo ninho de cobras somente para entrar em seu cantinho particular?"

"Não tenho a menor ideia", ela disse. "Tudo o que eu sei é que esta noite você e eu vamos ver quais tesouros estão guardados dentro dessa garagem."

"Eu gostaria de ter sabido que nós íamos desbravar uma floresta equatoriana", reclamei. "A futura eu vai sempre me culpar se eu arranhar esses bebês", eu brinquei, batendo em minhas coxas.

"Siga-me e não faça nenhum barulho", foi sua resposta.

Andamos para uma pequena abertura entre os arbustos alguns metros distantes da garagem, e depois disso eu fiz o melhor para acompanhar a Abby, que se movia pelas pequenas árvores e arbustos como se tivesse nascido na selva.

Estava muito quente e úmido depois de toda aquela folhagem, e eu comecei a suar loucamente, tendo que parar algumas vezes para limpar a sobrancelha com a manga da blusa. Nós demos a volta em alguns arbustos grandes e cheios de espinhos — não tinha maneira de *passarmos por* eles sem perder um membro — até que finalmente chegamos à pequena clareira onde as duas cadeiras Adirondack estavam sem ser perturbadas.

Eu subi minha blusa e limpei minha cara inteira. "Meu Deus, queimei mais calorias ali agora do que em todos os dias juntos em que andei de skate." Eu respirei fundo e olhei para a Abby. Parecia que alguém tinha jogado um par de baldes de água em sua cabeça, com o moletom encharcado de suor e o cabelo grudado em suas bochechas rosadas.

"Eu vou precisar de um banho quando terminarmos com esta viagem à parte", ela disse, cheirando o seu sovaco. "Estou fedendo." Nós duas começamos a rir e depois demos bronca uma na outra por fazer muito barulho.

"Espera um pouco." Ela colocou a mão no meu braço. "Eu preciso de alguns minutos para recuperar o fôlego." Ela se sentou em uma das cadeiras.

"Posso perguntar algo pessoal?", perguntei, limpando meu rosto e me sentando na outra cadeira ao seu lado.

"Claro. O que você quer saber?"

Eu hesitei por um momento.

"O que aconteceu entre você e o Torres?"

Ela ficou tensa e fechou os punhos. Pude notar que ela estava segurando a respiração, profundamente revoltada. Ela finalmente espirou, e seus ombros visivelmente caíram antes de responder.

"Ele não foi à minha festa de dezesseis anos no ano passado." Ela olhou para baixo e para longe de mim, seu rosto coberto pela sombra projetada por uma árvore próxima.

Coloquei a minha mão em seu braço e notei que ela estava tremendo. "O que aconteceu? Por que ele não foi à sua festa?"

"Ele tinha um jogo fora naquela noite, um jogo idiota contra um time idiota que todo mundo sabia que eles derrotariam facilmente." Ela me olhou com fogo nos olhos. "Não era nem um jogo importante. Não era como se o time precisasse dele tão desesperadamente que eles não pudessem ganhar sem ele."

"Talvez o técnico tenha dito que ele tinha que ir?"

"Este é exatamente o ponto!", ela disse, um pouco alto demais, depois viu o que estava fazendo e continuou em voz mais baixa. "Veja bem, alguns dos outros meninos do time disseram que estavam doentes naquele dia, mas ele não."

Ela repentinamente ficou de pé, fazendo que eu saltasse da minha cadeira.

"Ele fez a escolha dele. E isso foi no ano passado; de qualquer maneira, não importa mais."

"Você tem certeza de que não quer conversar sobre isso? Minha mãe sempre diz que pode ajudar desabafar com uma amiga quando algo está incomodando", eu ofereci.

"Não, tudo bem. Obrigada por me escutar." Ela pausou. "Vamos ver o que está atrás da porta número um?"

"Vamos!"

A Abby tocou a maçaneta e levemente a girou contra o sentido do relógio. Sabíamos que havíamos conseguido quando escutamos um leve clique e a porta se abriu devagar para fora para revelar seu escuro interior. Nós entramos e a Abby fechou a porta atrás de nós.

"Eu não consigo ver nada!", sussurrei.

"Espera um pouco", ela respondeu. Eu a senti colocar a mão no bolso, e logo um pequeno círculo de luz apareceu dentro do bolso da frente do moletom. Ela tirou sua mão para revelar a menor lanterna do mundo, da finura de uma caneta.

"Onde você conseguiu isso?"

"Um dos muitos apetrechos de nerd do meu pai", ela respondeu, iluminando à nossa volta. "Não é muito potente, mas deve ser o suficiente para o que precisamos esta noite."

A garagem era gigantesca, fazendo com que a Bat Caverna parecesse uma casa de guaxinim em comparação. Havia múltiplas estantes na parede do fundo, cada prateleira contendo várias caixas de cores e tamanhos diferentes. Nós estávamos paradas perto de uma área de trabalho na qual plantas, máquinas de perfuração e outras ferramentas competiam por espaço. Havia mais coisas do lado oposto da garagem, mas a lanterna não era potente o suficiente para mostrar o que eram. Não fazia diferença. A atração principal estava bem à nossa frente.

"*Jizuis!* Como ele nunca dirigiu essa belezura antes?" Abby perguntou alto.

"Caraca, que tipo de carro é este?"

"Eu não tenho ideia, mas olha para este emblema!"

A lanterna revelou um brasão de metal um pouco maior que o do Ghia que eu tinha colhido, rodeado por duas longas asas em cada lado, uma coroa no topo, um *T* maiúsculo azul e as palavras *Carrozz Touring* escritas em um banner aberto bem no meio. Nós olhamos uma para a outra com olhos arregalados.

Abby foi a primeira a recuperar os sentidos. "Vamos ver o que este carro tem para oferecer."

Andamos devagar em volta do carro, nenhuma de nós duas capaz de evitar tocá-lo. Foi somente quando completamos o circuito completo que o mistério foi resolvido. Era um Alfa Romeo 2000 Spider Veloce, com o emblema da Alfa Romeo na grade da frente fornecendo a maior peça do quebra-cabeça. O resto da informação veio do manual original do proprietário e um certificado garantindo que a origem do carro era um construtor italiano sob medida.

"Abby?"

"Sim", ela disse, incapaz de tirar os olhos do emblema na parte de trás.

"Por favor, me diga que esta não é outra baleia branca", supliquei.

A Abby choramingou ao meu lado.

"Eu quero tanto colher este que eu não consigo pensar direito."

"Então não vamos pensar muito", eu disse, pegando minha faca e enfiando-a sob a asa esquerda do emblema antes que ambas mudássemos de ideia.

"Cuidado!", ela disse, chegando mais perto e colocando sua mão em cima da minha. "Este é segurado por pinos de metal. Você precisará trabalhar um pouco mais para conseguir tirá-los sem fazer muito barulho e sem arranhar o carro."

Eu fiquei imóvel, esperando mais instruções.

"Tenta deslizar a lâmina para o centro, muito cuidadosamente, e veja se consegue sentir algo bloqueando o caminho."

Calmamente deslizei a faca em direção ao centro do emblema, mas não cheguei muito longe antes de sentir que a lâmina encostou em algo sólido. Eu olhei para a Abby e fiz sinal de que tinha encontrado um pino.

"Tudo bem", ela continuou. "O que você quer fazer agora é colocar o seu dedão na lâmina o mais próximo possível de onde está o pino, e então gentilmente levantá-lo até sentir o pino sair do buraco."

Comecei a levantar a lâmina, mas ela segurou minha mão uma vez mais.

"Mais devagar", ela sussurrou. "Se você fizer muito rápido, ele saltará para fora e fará um barulho alto."

Eu segurei a faca mais forte e a continuei levantando até que um estouro abafado veio do emblema, fazendo meu coração acelerar na velocidade da luz.

"Você está quase lá." A voz da Abby era calmante. "Deve haver muita resina grudenta a partir desse ponto até que você encontre o pino na outra asa. Apenas deslize e levante, deslize e levante, e depois puxe o último pino como você fez com o primeiro. Mas tenha certeza de pegar o emblema para que ele não caia. Você não quer que ele seja arranhado."

Eu fiz exatamente conforme o instruído e lentamente cheguei ao último pino, levantando-o com tanto cuidado que ele fez apenas um pequeno ruído, como um sopro de ar, quando saiu em minha mão. Até na semiescuridão da garagem eu podia notar que era um troféu magnífico, feito de metal sólido e vidro de verdade ao redor do brasão, os pinos gentilmente cutucando os meus dedos.

“Você quer segurá-lo?”, perguntei à Abby, mas ela estava quieta, para ouvir qualquer barulho.

“Depois que sairmos daqui”, ela finalmente respondeu, apontando a lanterna para o chão para que pudéssemos voltar para a porta. Eu não me lembro de ter saído da garagem do prefeito ou de andar por aquela minisselva, mas de alguma maneira o fiz, e na hora que saí já estávamos na rua caminhando em direção à casa da Abby.

“Espera, que horas são?” perguntei. “Nós temos que encontrar os meninos às sete.”

“São quinze pras sete, mas eu preciso tomar um banho rápido”, ela respondeu. “Eu estou realmente fedida, e você também.” Ela riu.

“Mas nos atrasaremos.”

“Serei rápida, eu prometo. Ademais, eu não me importaria de fazê-los esperar por nós alguns minutos extras. Nós temos que mostrar a eles quem manda.” Ela abriu um sorriso.

Fomos despercebidas ao quarto da Abby, e ela entrou e saiu do chuveiro em menos de cinco minutos.

“Isso foi rápido”, eu exclamei enquanto ela saía do banho completamente vestida e pronta pra sair. “Eu tenho que aprender o seu segredo qualquer dia desses.”

“Começa com um chuveiro massivo com pressão d’água suficiente para tirar tinta da parede”, ela brincou. “Depois disso você simplesmente deixa a força hidrelétrica fazer o seu negócio. Você quer tomar um banho rápido antes de sairmos?”

“Nah, estou de boa. Nós provavelmente devemos ir antes que a adrenalina acabe.”

Mal tínhamos saído de casa quando a Hannah ligou para o meu telefone, o que era uma surpresa, já que ela sabia que não se devia ligar para alguém em meio a uma sessão de colheita. Eu atendi depois do segundo toque.

"Alô? Kate?" Veio sua voz frenética, o que imediatamente me fez pensar em meus pais.

"Hannah? O que aconteceu? Está todo mundo bem?"

"Kate, onde você está?"

Abby chegou mais perto com uma cara de preocupação.

"Estou na casa da Abby. Estamos saindo para ir encontrar os meninos. Você está bem? O que aconteceu?"

"Graças a Deus!" Escutei-a recuperar o fôlego. "*Não vá* ao restaurante! Não vá ao Sanuki esta noite, você me entendeu?"

"Por que não? O que aconteceu?!" Eu agora estava gritando no telefone.

"Não vá. A polícia está lá. O Todd está lá. E a pior parte é que" — ela começou a chorar — "eu não consigo falar nem com o Torres nem com o Alex."

9

QUASE FLAGRADOS

Corremos para a casa da Hannah, onde ela e Abby imediatamente começaram a enviar mensagens a todos que eles conheciam para saber se alguém tinha notícias do Torres e do Alex. Na hora que a notícia da potencial apreensão chegou ao grupo do Signal, seus telefones enlouqueceram com toda a conversa. Mas depois de selecionar todas as mensagens, não havia nenhuma pista sobre o paradeiro deles.

"Deveríamos ir à delegacia?", sugeriu a Hannah. "Talvez escutemos algo útil."

"Não acho que seja uma ideia inteligente", disse a Abby. "Nós não sabemos o que aconteceu, e se aconteceu algo mesmo; e se eles foram presos, podem ter contado à polícia sobre nós."

"Você realmente acha que o Torres nos deduraria?", perguntei. "Isso seria zoado."

A Abby deu de ombros, mas a Hannah foi rápida em defendê-lo.

"O que vocês estão falando? O Torres nunca deduraria seus amigos."

"Todos têm um preço, e todos têm um ponto de fraqueza."

"Que coisa horrível de dizer, Abby!"

A Abby deu de ombros novamente. "Só estou dizendo."

Eu não conhecia o Torres e o Alex há tanto tempo, mas o pouco que eu havia passado com eles me fez pensar que não eram o tipo de gente que deduraria seus amigos, não importava a ameaça ou as promessas oferecidas.

"E se eu for até a delegacia para verificar as coisas?", perguntei. As meninas pararam de discutir e olharam pra mim. "Eu sou nova na cidade e ninguém realmente me conhece, então talvez eu pudesse dar uma olhada sem levantar nenhuma suspeita."

"Não!" Elas gritaram quase juntas. "Não", repetiu Abby. "Quanto menos você for exposta, principalmente para o Todd, melhor."

"A Abby tem razão, Kate. Confie em mim, você não quer entrar no radar do Todd. Quanto menos ele souber de você, melhor você estará."

Alguém bateu na porta. Todas paramos de falar e olhamos umas para as outras.

"Hannah, querida." Era a minha tia. "Tem um menino lá fora perguntando por você. Eu acho que é aquele menino Torres."

"Torres!", dissemos todas juntas. "Já vamos sair, mãe, obrigada!"

Fizemos nosso melhor esforço para parecer calmas e fomos até a sala de estar, onde encontramos Torres e Alex tranquilamente conversando com minha tia e meu tio.

"E aí, Alika?", sorriu o Alex.

"Oi, Alika", disse o Torres. "Estava justamente dizendo ao seu pai que ele precisa vir assistir ao nosso próximo jogo.

Você deveria vir também. Vamos jogar contra o Wilmington, um clássico."

Creio que estávamos chocadas demais por vê-los ali parados na sala de estar, então levou alguns segundos até que pudéssemos dizer alguma coisa.

"Com certeza todos deveríamos ir assistir ao seu próximo jogo", meu tio disse.

"Pai!", a Hannah disse para meu tio. "Você sabia que o Alex e o Torres jogaram todos os jogos nos últimos três anos do colégio? O técnico disse que isso não tinha acontecido nos últimos quinze anos, ou algo assim."

"Isso é muito impressionante." Ele cumprimentou o Torres e depois o Alex. "Não posso dizer que eu tive uma boa presença quando estava no colegial." Ele parecia pensante. "Claro, eu também não me importava com esportes. Tudo que me importava era correr atrás de..."

"Don, querido", minha tia interrompeu. "Estou certa de que as crianças não estão interessadas em escutar suas histórias do colegial do milênio passado." Ela piscou para nós. "Por que não vamos para a cozinha e os deixamos a sós?"

Eu fui a primeira a falar quando ficamos sozinhos.

"O que aconteceu com vocês? Estávamos mortas de preocupação!"

"É, o que aconteceu? Quem chamou a polícia? Como vocês fugiram?", a Hannah perguntou.

"Quase fomos flagrados!", respondeu o Alex. "E pelo Todd, ainda por cima! Quase não escapamos. Foi louco!"

Abby estreitou os olhos. "Aposto que eles foram gananciosos e fizeram uma bagunça de tudo."

"Nah. Somos profissionais", disse Alex com um sorriso. "O Sanuki estava lotado, mas não somos um bando de novatos."

"Conte para nós o que aconteceu." Hannah chacoalhou Alex pelos ombros. "O suspense está me matando."

Todos os olhos recaíram sobre o Torres, que até então estava escutando silenciosamente.

"Foi como o Alex disse. O lugar estava lotado com tanta gente que o proprietário teve que contratar alguns meninos para ajudar a estacionar os carros. Tony B — que joga de goleiro para o nosso time, vocês o conhecem? — foi chamado para ajudar esta noite, e adivinhem quem ele chamou em seguida?"

"Você?" eu sugeri.

"Com certeza", ele respondeu. "Liguei para o Alex e fomos para o restaurante por volta das cinco para entrar no trabalho. Imagine isso." Ele riu. "Nós fomos contratados para estacionar os carros que íamos colher mais tarde. Foi o oposto de justiça poética."

O Alex continuou. "Então as pessoas começaram a aparecer, né? E nós começamos a correr pra cima e pra baixo, entregando bilhetes, pegando carros e estacionando de acordo com o que queríamos colher. Era como se alguém nos tivesse dado o menu e nós fazendo o pedido de quais emblemas queríamos levar para casa. Foi insano."

"O Torres estacionou algumas Beamers e Mercedes lá no fundo do estacionamento, e o plano era colhermos todos quando vocês aparecessem às sete, mas..."

"Vocês nunca vieram", disse o Torres. "Então o Todd e outro policial apareceram do nada, com todas as luzes e sirenes tocando, seguido por outro carro de polícia, que estacionou na frente do restaurante e bloqueou a entrada."

"O senhor Milós," continuou Alex, "o dono do restaurante, veio correndo da cozinha perguntando que raios estava acontecendo e por que os policiais estavam fazendo tanto estardalhaço e estragando o jantar dos clientes. Ficou bem louco bem rápido." Ele riu.

"O Tony estava mais próximo do senhor Milós e escutou tudo. O Todd disse que tinha recebido uma denúncia de que alguém ia aterrorizar o restaurante esta noite, então entrou em ação imediatamente."

Hannah estava chocada. "Alguém fez *o quê?!*"

"Alguém fez uma denúncia à polícia?", eu perguntei.

"Foi isso que o Tony nos disse que escutou o Todd dizer ao senhor Milós, o que faz um pouco de sentido, se você pensar", Torres continuou. "Tudo ia bem até que de repente os policiais apareceram bem quando íamos atacar. Foi quase como se eles estivessem esperando a hora certa para aparecer."

"Então Todd e seus amigos apareceram, e aí?" perguntou Abby. "O que aconteceu depois? Por que vocês não responderam às nossas mensagens?"

"Não podíamos", respondeu Torres, rindo. "O senhor Milós fez com que nós três ajudássemos a polícia, e a parte interessante é que você pensaria que as pessoas tentariam evitar um restaurante em que dois carros de polícia estão parados à frente, ou pelo menos acho que eu evitaria; mas mais e mais gente começou a chegar, então, em um determinado momento até o senhor Milós estava ajudando a estacionar os carros. Quando o estacionamento estava completamente cheio, começamos a estacionar alguns no terreno vazio do outro lado da rua."

Alex estava rindo muito. "O Todd estava fumegando. Eu nunca o vi tão irritado. Ele estava xingando e gritando com os outros policiais, o que, por sua vez, os irritou, e todos eles entraram em seus carros e se foram."

"Caraca, nós desviamos de uma bala!" Eu me joguei no sofá. "Se não tivéssemos nos atrasado, teríamos sido pegos no flagra!"

"Se nós não estivéssemos trabalhando lá", acrescentou o Torres, "estaríamos fritos."

"Mas como eles sabiam que estaríamos lá esta noite?" eu perguntei. "Nós apenas fizemos o plano outro dia. Você falou sobre ele com mais alguém? Você contou para alguém no grupo do Signal?"

"Deixe-me ver", disse Hannah, olhando seu telefone e passando pelas mensagens. "Eu definitivamente não contei para ninguém fora deste grupo."

"Nem eu", eu disse.

"Não olhem para mim", disse Alex. "E quase fui pego."

"Exato", disse Torres.

Abby olhou seu telefone. "Nada no Signal."

"Foi uma noite que nunca vou esquecer, com certeza", disse Torres, "mas não foi uma completa perda de tempo também. Mostre a elas, Alex."

Alex olhou em volta para ter certeza de que ainda estávamos sozinhos antes de tirar um monte de discos redondos de um bolso.

"Por favor, conheçam nossos amigos, os trigêmeos Beamer!" Alex colocou três emblemas da BMW no topo da mesa de café como se fossem fichas de pôquer.

Eu fiquei surpresa. "Você colheu três BMWs *enquanto a polícia estava lá?*"

O Torres piscou. "Nós não brincamos em serviço, menininha. Você acaba de conhecer os números duzentos e noventa e nove, três zero zero e três zero um."

"Oh, mas nós estivemos ocupadas também", Abby rapidamente respondeu. "Eu não tive tempo de postar ainda, mas a Kate colheu nosso número três zero um mais cedo esta noite."

"Vocês foram colher antes da colheita?" perguntou o Alex. "Tem que respeitar um pouco de esforço e dedicação." Ele a cumprimentou.

"E vocês jamais acreditarão como nós o fizemos", ela disse. "Algum de vocês *meninos* já viu um Spider Veloce antes?"

Eu contei a eles sobre nossa viagem à casa do prefeito e como a lição de casa da Abby tinha valido a pena quando ela encontrou a clareira atrás da garagem, e como havíamos tido sorte com a porta destrancada. Eu tentei descrever da melhor maneira possível, com meu conhecimento muito, muito rudimentar sobre carros, o quão maravilhoso o Alfa Romeu era, e como aprendemos pelo manual do usuário que aquele carro especificamente havia sido montado na Itália, o que fez com que o Torres e a Abby questionassem o status financeiro do prefeito e sua habilidade de ter um carro como aquele. O fato de que eles concordaram em alguma coisa não passou despercebido pela Hannah e por mim, mas nós somente rimos uma para a outra.

Você continua nos impressionando com sua habilidade de colheita, Rabbi. Você tem certeza de que não fazia isso no Havaí?", Torre perguntou, rindo.

"Você o tem aí? Você ainda tem o emblema com você? Podemos vê-lo?" perguntou Alex.

"Claro." Eu o tirei do bolso e coloquei ao lado da pilha de Beamers na mesa de café. "Agora eu não sei de qual eu gosto mais: o Ghia ou o Spider."

Hannah o pegou com uma mão e segurou os emblemas das Beamers na outra, fazendo movimento de balança para cima e para baixo como se os estivesse pesando.

"Eu gosto de uma Beamer, e espero um dia poder dirigir uma, mas em termos de emblemas, eu tenho que ceder ao Spider. É ma-ra-vi-lho-so", ela disse.

"Posso ver?" perguntou o Torres, estendendo a mão para a Hannah. É um lindo emblema, com certeza, mas é mais bonito que o da Maserati? O que você acha?"

Todos tinham uma opinião diferente, com Abby e Alex escolhendo o Spider, e Hannah e Torres, a Maserati.

"Kate, me parece que você tem o voto de minerva", brincou o Alex. "O que você acha?"

"Eu não sei. Eu ainda não vi a Maserati. Não tenho como compará-los."

"Por falar nisso...", anunciou Torres.

"Sim", disse a Abby.

"Há um pequeno pedaço de informação que o Alex e eu soubemos do Tony esta noite em que você pode estar interessada em saber." Ele pausou e olhou em volta da sala. "É sobre a Maserati."

"O que é?!" Hannah e eu exclamamos no mesmo instante. O Alex e o Torres olharam um para o outro.

"Eu não sei se deveríamos dizer a elas. O que você acha, Alex?"

Alex riu. "É, não sei. Estamos em uma competição, afinal."

"Talvez não queiramos ouvir a sua informação", disse Abby.

"Fale por você." Hannah riu. "Eu estou morrendo de curiosidade" — ela olhou para o Torres — "e não vou parar de lhe incomodar até que você me conte o que é." Todos rimos.

"Então tá bom. Diremos a você, mas somente porque gostamos de você, Alika", brincou Alex.

"E eu? E a Abby?" eu rapidamente disse para que ela não se sentisse excluída. "O que somos? Picadinho de fígado?"

"Eca, não me fale em picadinho de fígado", disse Hannah. "Isso me lembra de uma história que minha mãe costumava me contar quando eu tinha seis anos para comer bife de fígado!"

"É aquela sobre a mulher grávida que estava desejando comer bife de fígado tarde da noite e seu marido acaba indo ao cemitério...?"

"Não", disse Hannah, levantando a mão. "Não me lembre dessa história. *Brrrr!*" Ela tremeu. "Ainda me dá coisas, e eu não consigo pensar em bife de fígado sem querer vomitar."

"Ah!, eu quero ouvir o resto da história agora", choramingou Alex. Eu dei uns tapinhas em suas costas. "Um dia eu te conto."

Abby olhou para o Torres. "E a informação?"

"Bem, bem, bem, veja quem está interessada de repente!", ele disse.

"Esquece. De qualquer maneira, eu deveria ir pra casa. Ela começou a pisar duro para sair da sala, mas em um movimento que surpreendeu a todos, Torres deu alguns passos e a segurou pelo braço.

"Desculpe", ele disse, olhando para ela. "Eu estava somente brincando, mas eu te conto."

Abby olhou para ele, depois para a sua mão segurando seu braço, o que o fez ficar com as bochechas rosadas e a soltar.

"Antes de tudo ficar louco no restaurante", o Torres começou, "o Tony nos disse que o xerife está pensando em levar seu carro..."

"A Maserati", Hannah completou, para minha informação.

"Sim", ele continuou, "a Maserati para o mecânico, amanhã, para troca de óleo, dos filtros, etc. Basicamente para tê-la preparada para o inverno antes que o tempo fique mais frio por aqui. Agora, adivinhem para qual mecânico ele vai levar o carro?"

"Para a mecânica do seu tio Gus?", eu falei.

"Como você sabe sobre o tio Gus?"

"Não se preocupe com isso, Alex", a Hannah interrompeu. "A Maserati vai estar na mecânica do seu tio amanhã?"

"E no dia seguinte também", concluiu Torres.

"Aparentemente o xerife também pediu um conjunto novo de pneus para o carro, e eles não chegarão até o outro dia."

Agora foi a vez da Abby perguntar. "Como você sabe disso?"

"Tivemos a sorte de encontrar meu tio Gus justamente antes de ele entrar em um pub, e ele nos contou tudo sobre o assunto. Nossa, como ele estava bravo!"

"Por que ele estava bravo?" perguntei.

"Porque ele geralmente não trabalha aos finais de semana, mas o xerife não deixa ninguém tocar o seu carro, a não ser que seja o tio Gus ou o Marty."

Eu estava confusa. “Talvez eu devesse saber disso, mas quem é Marty?”

“Não importa quem é Marty”, interrompeu a Abby. “Seu tio estará lá para trabalhar no carro amanhã, ou será o Marty?”

“O tio Gus jurou que ia pedir para que o Marty o cobrisse. Ele não estava muito feliz quando o vimos, e duvido que ele não vá beber esta noite, o que quer dizer que ele não estará em um estado confiável para operar equipamento pesado. Por que você quer saber?” perguntou Torres.

“Não é óbvio que, se acontece alguma coisa com o carro enquanto o seu tio deve estar trabalhando nele, ele pode ter problemas?”

“Isso é verdade”, ele repetiu devagar, “mas por que você se importa? Seria porque isso pode ser ligado a mim e você não quer que nada de ruim aconteça comigo?” Ele sorriu.

“Nem tudo é sobre você, Torres”, disse Abby rispidamente. “Se o Gus pode ser ligado a você, não consegue ver que nós também? Mesmo um idiota como o Todd poderia fazer essa conexão.”

Estávamos todos quietos, até que eu acabei com o silêncio.

“Há uma coisa que ainda não foi perguntada explicitamente, então eu vou me arriscar aqui. Estamos falando sobre colher a Maserati amanhã à noite, enquanto o carro está na mecânica?”

Eu senti que a minha pergunta finalmente acordou a todos para algo que estava em nossas mentes. Se um de nós conseguisse colher a Maserati, então um de nós iria ganhar a competição amanhã à noite e ser declarado os Reis ou as Rainhas de New Bern. Um de nós. Não todos.

"Nós deveríamos ir, Alex", disse o Torres, colocando os emblemas no bolso e indo em direção à porta. "Nós temos coisas a fazer amanhã."

"É, eu deveria fazer isso também", disse a Abby, me dando o emblema do Alfa Romeo. "Eu te ligarei amanhã de manhã", ela disse para a Hannah e para mim enquanto nos deixava na sala. Eu coloquei o emblema no bolso.

"Bem, prima", eu disse. "Parece que amanhã à noite será uma noite decisiva."

"É. Eu mal posso acreditar que estamos próximos do final."

"Mas uma coisa está me incomodando."

"O que é?" ela me perguntou.

"Eu tenho medo porque o Torres e a Abby estão levando essa competição muito a sério, sabe?"

"Como assim?"

"Eu posso não ter todos os fatos, mas eles não eram bons amigos, ou pelo menos tinham uma relação mais saudável, antes da competição?"

Hannah pensou por alguns minutos antes de responder. "Nós todos crescemos juntos, então se pode dizer que somos bons amigos desde o começo. Mesmo quando começamos o colegial, ainda éramos bons amigos. Agora que eu paro para pensar nisso, foi somente desde a primavera passada que eles começaram a agir como se quisessem matar um ao outro. O que você sabe?"

"Você pode guardar um segredo?"

"O papa caga na floresta?"

"Huh?"

"É de um filme. *O Grande Lebowski.* Não importa." Hannah virou os olhos. "Claro que posso. Somos família, lembra?"

Eu corei um pouco, esquecendo com quem eu estava falando. "Desculpe, claro que eu confio em você." Eu pausei. "A Abby me contou hoje o que aconteceu entre eles."

"Oh, posso ver que aí vem fofoca boa." Hannah esfregou as mãos. "Chora, prima."

"A Abby me contou sobre sua festa de dezesseis anos no ano passado. Você foi?"

"Claro. Você teria que ser um idiota gigante se você perdesse sua... Oh! Ele não foi à festa! Porque tinha aquele jogo estúpido que ele se recusou a perder por causa daquela onda idiota de não perder nem um jogo sequer durante o colegial!" Ela deu com a palma da mão no rosto.

"Exatamente. E agora que eles estão tão próximos de ganhar a competição, tenho medo de que só acabem se machucando por quererem provar que um é melhor do que o outro."

"Então você acha", ela continuou, "que quem ganhar amanhã será realmente o grande perdedor?"

"Essa é uma maneira de olhar a situação."

"Hmmm... O que você sugere que façamos?"

"Honestamente, eu não sei. Acho que é a isso que as pessoas se referem quando falam em 'sinuca de bico'. Não importa o que fizermos, estaremos ferradas se ajudarmos a Abby a ganhar, e ferradas se não ajudarmos." Eu me sentei no sofá com a frustração pulsando dentro da minha cabeça.

Nós duas ficamos sentadas na sala, uma encarando a outra, mas eu estava muito cansada para pensar em um plano. Hannah eventualmente ficou de pé.

"Vem." Ela me puxou do sofá.

"Você pensou em algo?"

"Não, mas estou faminta e acho que temos um pouco de carne de porco que sobrou na geladeira. Eu penso melhor de estômago cheio. Você já provou um churrasco do leste da Carolina?"

"Esse é aquele marinado em molho de tomate doce, ou é com base de mostarda? Eu nunca consigo lembrar."

"Nenhum dos dois. Nós gostamos de nossa carne encharcada de vinagre e com picante suficiente. Eu não acredito que sua mãe ainda não te deu carne de porco. Minha mãe me disse que elas foram criadas à base de salada de repolho, quiabo frito, churrasco e *hush puppies.*"

"Hush puppies?"

Ela suspirou. "Prima, considere-se afortunada que temos o suficiente para nós duas." Ela acenou para que eu a seguisse até a cozinha. "Esta noite teremos uma ceia."

10

OLHO POR OLHO

A notícia se espalhou. A Abby e o Torres estavam empatados, e todo lugar a que eu ia na escola esse dia, pessoas completamente desconhecidas me ofereciam suporte e palavras de encorajamento — *Rock on, Rabbi! Eu apenas estou feliz que uma mulher vai ganhar isso* — ou para minimizar o que tínhamos feito — *Humpf!, eu não me gabaria se fosse você. Tenho certeza de que o Torres e o Alex só estão sendo legais para que vocês não desistam logo* — o que fez com que o dia passasse muito mais rápido que o normal. Mesmo que a escola inteira ainda não soubesse da competição, havia uma certa eletricidade no ar, e eu estava aproveitando cada minuto.

Nos juntamos durante o almoço na pista de corrida para discutir nossos próximos passos. O Torres e o Alex não estavam em nenhum lugar que podíamos ver, e nós pensamos que eles estivessem juntos exatamente pelo mesmo motivo que nós.

"Meninas, vocês realmente estão pensando em ir atrás da Maserati esta noite?"

"Esse é o plano, prima. Ainda temos que descobrir se o Gus estará no trabalho ou não", eu respondi.

"Eu já falei que não me importa se ele está lá ou não", adicionou a Abby. "Eu só disse isso para despistar o Torres. Não existe a possibilidade de não atacarmos essa noite, independentemente de quem esteja lá. Essa competição é nossa, para ganhar!"

"Eu ainda acho que não é legal envolver família, Abby. O Torres jogou limpo conosco, e eu não gostaria de causar nenhum problema a ele se fosse possível."

Abby me olhou de maneira frustrada.

"Não é que eu queira dar problema para o Gus. Ou o Torres ou o Alex", ela disse rapidamente. "Mas não se engane com a suposta demonstração de amizade, Kate. O Torres não se importa conosco. Ele só se importa com ele mesmo, e nós faremos o que for necessário para ganhar a competição, custe o que custar."

"Me chame de inocente", eu comecei.

"Inocente."

"Mas eu acho difícil acreditar que o Torres jogaria sujo somente pra ganhar."

"Você não o conhece há tanto tempo quanto eu, Kate. Ele só está cuidando do seu número um, que é ele mesmo."

"Vocês não podem concordar em discordar?", falou a Hannah. "Já estamos aqui há algum tempo e até agora não fizemos nenhum plano."

Eu respirei fundo e acenei com a cabeça. Por mais que eu quisesse ganhar a competição, não o queria tão desesperadamente a ponto de presumir coisas sobre meus amigos, mas, por outro lado, eu não tinha crescido com eles, como a Abby ressaltou.

"Nós devemos atacar esta noite", começou a Abby, "assim que a mecânica estiver fechada e escuro o suficiente."

"E a que horas é isso?" eu perguntei.

"Eles devem fechar depois das seis e meia, mas vamos dizer sete, presumindo que algumas pessoas se atrasarão para pegar seus carros ou que eles são devagar para fechar a loja para o dia. Nós devemos esperar outra hora para ter certeza de que todo mundo realmente foi embora e o lugar está deserto. Acho que às oito da noite funciona."

"Eu não poderei vê-las antes de vocês irem", disse Hannah. "Eu prometi à minha mãe que iria ajudá-la a fazer o supermercado e o jantar esta noite. Você tem certeza de que quer ir atrás da Maserati, Abby? Pode ser perigoso para vocês estarem na rua esta noite em um estacionamento deserto." Ela parecia preocupada.

"Não seja medrosa, Alika. É somente o estacionamento dentro da loja."

"Um estacionamento *deserto*, Abby, e estará escuro."

"Isso não me incomoda. Além disso, tenho um plano para melhorar nossas chances", disse ela com uma cara vitoriosa.

"Qual plano?" eu perguntei.

"Eu te falarei hoje mais tarde, tudo bem? Ainda preciso amarrar algumas pontas soltas antes de ter certeza das coisas."

"Hmm, tá bom. A que horas você quer se encontrar?"

"Você pode vir à minha casa umas seis e meia? Podemos finalizar nosso plano e comer um hambúrguer no caminho."

"Você está escolhendo comer um hambúrguer antes do maior golpe de sua vida, Abby?"

Abby revirou os olhos. "O que você queria que comêssemos então, Alika?"

Ela não perdeu o ritmo. "Vocês deveriam comer algo que não vai encher tanto, algo sem muitos carboidratos, mas que encha. Por que você não come uma salada de frango com ervilhas no Harris Teeter? Você pode comer no caminho."

Agora foi minha vez de revirar os olhos e rir.

"Eu não sei sobre uma salada de frango com ervilhas, prima, mas se eles tiverem uma salada de atum legal, tô dentro."

"Tá bom", disse a Abby. "Passaremos pelo Harris Teeter, pegamos algo e comemos no caminho para que ajude com a nossa digestão. Feliz?" Ela olhou para a Hannah.

"Talvez possa pegar alguns daqueles palitos para palitar os dentes? Não há motivo para negligenciar a saúde dental, sabia?"

Nós demos um banho de fritura de *hush puppies* nela, ressaltando que o óleo em que eles haviam sido feitos iria ajudar na saúde e na elasticidade de seu cabelo.

As horas passaram e, quando eu já estava em casa, comecei a me sentir mais e mais culpada. Estava prestes a fazer algo errado. Claro, eu ia invadir uma propriedade privada para vandalizar um carro luxuoso para ganhar uma competição baseada em objetos roubados, mas não tinha certeza de que era isso que me incomodava. Tinha algo a mais que estava me fazendo sentir ansiosa e me dando um nó no estômago, mas não conseguia dizer o quê.

Fui para a cozinha e procurei algo para comer de lanche, apesar de não estar com fome. Acabei com uma lata de Lacroix sabor de limoncello e um pacote de bolinhos de arroz e sentei na sala. Peguei o controle remoto e comecei a surfar pelos canais.

"Você está bem, querida?"

"Credo, mãe! Não me assuste assim!" Eu coloquei a mão no coração. "Há quanto tempo você está aí?"

"Tempo suficiente para saber que alguma coisa está te incomodando", ela disse, me fazendo ir para o lado e com um gesto me pedindo para lhe entregar os bolinhos de arroz. "O que está acontecendo, filha?"

Eu mastiguei meu bolinho e tomei um gole antes de responder. "Para te dizer a verdade, nem eu sei."

"Por que você não me conta o que está pensando, então? Eu tenho certeza de que, seja o que for que está te incomodando, está desejando vir para fora para que possamos analisá-lo", ela brincou.

"Eu não sei nem por onde começar."

Ela sorriu. "Do começo. É como a maioria das boas histórias começa."

Então eu comecei do começo, e contei a ela como a Hannah e eu tínhamos virado boas amigas, e como todo mundo a chamava pelo sobrenome. Contei sobre as manias da Hannah e como ela era engraçada. Como ela sempre parecia saber o que dizer e fazer para que os outros se dessem bem.

Contei sobre minhas colegas do refeitório, sobre meus novos amigos Abby, Torres e Alex. Falei sobre como eles se conheciam durante todas as suas vidas, e como isso me fazia sentir falta dos meus amigos em Kailua.

Contei a ela sobre a Abby e como ela era corajosa e determinada.

Contei sobre o Alex, e como, mesmo conhecendo-o menos que os outros, ele estava se tornando um dos meus favoritos, por ser tão amigável e relaxado, o que fez minha mãe me dar olhares estranhos, como que insinuando que eu tinha algum tipo de sentimento por ele (eu tinha? Não tinha certeza).

Contei a ela sobre o Torres e como ele tinha um jeito de me fazer sentir segura e em segurança, como se ele fosse um líder nato.

E finalmente contei a ela sobre a situação do Torres e da Abby, e como era horrível que eles não podiam resolver os seus problemas para que eu não tivesse que me preocupar em magoar ninguém. Eu falei tudo isso para ela, e mais, enquanto evitava falar sobre qualquer coisa relacionada aos emblemas e à competição.

Ela então me pediu para passar a Lacroix e tomou um longo gole.

"Deixe-me ver se eu entendi", ela disse. "Você fez alguns amigos que em muitos aspectos te lembram dos amigos em Kailua, a única casa que você teve desde que nasceu. Você aprendeu que sua prima Hannah, também conhecida como Alika, é uma garota engraçada e uma potencial melhor amiga que sempre parece ter um comentário ou opinião útil sobre alguma coisa. Você também encontrou um potencial futuro namorado... Quê?" Ela esticou as mãos. "Eu disse *potencial*, e nem disse o nome dele, *cof!... (Alex) cof!...* E você está totalmente rosada, por falar nisso. Você tem outra amiga que parece ser alguém com integridade e um bom modelo. E, finalmente, você se sente dividida porque te pedem para dar apoio à Abby ou ao Torres, mas você não tem um cachorro na briga deles e acha que é injusto com você ter que escolher um lado." Ela respirou profundamente. "É mais ou menos isso?"

"Nossa, você captou tudo isso só de me escutar agora? Isso é impressionante! Parece que você tem poderes psíquicos ou algo assim."

"Vem com o território de trabalhar como engenheira de software por mais de treze anos. Você está constantemente lidando com pessoas que mal falam umas com as outras, mas passam meses trabalhando em um produto que os gerentes de projeto juram que fará com que algum cliente, em algum lugar, esteja interessado em comprar ou renovar sua assinatura. Depois de um tempo, você aprende a ler as entrelinhas e a dar chutes certeiros. É uma arte." Ela piscou.

Eu não sei o que fazer, mãe. Quero dizer, não quero magoar ninguém, e odeio estar nesta posição de ter que escolher um lado. Eu não quero escolher um lado." Eu joguei as mãos ao ar em frustração.

"Quem disse que você tem de fazer isso?"

"Huh? O que você quer dizer? Eu sinto que a Abby espera que eu a apoie todo o tempo, e tenho certeza de que em algum momento isso significará ir contra o Torres."

"Bem, o que você faria se alguém pedisse para fazer alguma coisa que tivesse o potencial de magoar alguém que você ama, como eu, por exemplo?"

"Você é minha mãe. Eu jamais poderia fazer algo para machucá-la de propósito", eu disse, horrorizada de ela me perguntar isso.

Ela colocou seus braços em volta de mim. "Vamos focar nesse sentimento que está passando por sua mente agora mesmo. Se alguém te pedisse para fazer algo que iria deliberadamente magoar outra pessoa, você diria que essa pessoa é um bom amigo?"

"Claro que não. Eu não gostaria de ser amiga de uma pessoa assim. Eu vejo seu ponto, mas acho que eu achei um pequeno problema com a sua lógica", eu disse, tentando não parecer convencida. "Você está absolutamente certa de que se alguém está deliberadamente tentando magoar outra através de você, essa pessoa só está te usando e não é seu amigo. Mas" — eu parei tempo suficiente para tomar o último gole da Lacroix — "e se a pessoa estivesse tão envolvida com seus sentimentos que ele não fosse mais capaz de ver que o que está fazendo é errado? O que você faria então?"

"Excelente observação, querida. Então vamos tentar ver de um ângulo semelhante. Vamos presumir, por exemplo, que seu pai, com todas as boas intenções do mundo, decidisse esconder meu computador e telefone para que eu não pudesse me logar na VPN ou trabalhar por alguns dias. 'Você está trabalhando demais, você precisa de uma pausa,' ele diria, ou 'Kate realmente precisa de você agora, mas tudo que você faz é trabalhar, trabalhar e trabalhar a todo momento.' Você não pode negar que esses motivos são bons e legítimos, e que ele o está fazendo porque está realmente preocupado com um de nós, você não concordaria?"

"Uh, sim, mas esses são exemplos hipotéticos ou ele realmente falou isso para você? Parece tudo muito real." Eu ri de maneira nervosa.

Ela riu longa e verdadeiramente.

"São hipotéticos, eu juro", ela disse sorrindo, levantando a mão solenemente. "Mas presumindo que fosse real e você descobrisse o seu plano, você ficaria sentada quieta e o veria fazê-lo? Se você soubesse que eu provavelmente teria uma crise nervosa se não pudesse ao menos informar ao meu chefe e aos meus colegas de trabalho que eu estaria fora de alcance alguns dias, você ainda o deixaria fazer isso?"

"Bom, provavelmente não, já que eu odiaria ver vocês brigando, especialmente por causa de alguma coisa que, no fundo, vem de boas intenções."

"O que você faria então para ajudar seu bem-intencionado pai a não começar uma guerra civil em sua própria casa?"

"Acho que eu lhe diria que eu apoio o seu desejo de que você trabalhe menos e passe mais tempo conosco, mas que tirar o seu computador faria mais dano do que ajudaria." Eu pensei um pouco antes de continuar. "Eu não acredito que vou dizer isso, mas provavelmente sugeriria que em vez disso ele tivesse uma conversa franca com você e dissesse como ele realmente se sente sobre você estar trabalhando a todo momento. Ele deveria usar a metodologia SBI para descrever a situação, o comportamento que o está incomodando, e qual o impacto que isso tem nele."

Eu mal tinha terminado de falar quando ela me envolveu em um abraço apertado.

"Eu não acredito que você acabou de citar o modelo SBI para mim", ela disse com lágrimas nos olhos. "Eu tenho que usá-lo o tempo todo para ajudar com conversas no trabalho, e estou falando de adultos. Se tivesse aprendido esse método quando tinha a sua idade, eu poderia ter evitado muitas discussões sem sentido... Eu fico feliz que você estava escutando todas aquelas vezes que falei sobre isso no jantar."

Eu pisquei para ela. "Vem com o território de ser filha de uma diretora de engenharia de qualidade de software de sucesso."

"O que você vai fazer com seus amigos, então?!"

"Eu vou usar o SBI para fazer a Abby entender que eu não quero escolher um lado, e se ela insistir que eu o faça, então acho que terei de reconsiderar nossa amizade."

"Eu espero que não chegue a isso, mas acredito que você tem um plano sólido, querida."

"Obrigada, mãe, você é uma ótima coach."

"Awww, obrigada. Agora, você quer falar sobre aquele menino Alex?"

"Realmente não tem nada pra falar, pelo menos não agora. Veja só isso", eu disse, pegando meu telefone. "A hora voa quando você está ensinando para a sua mãe algumas *soft skills.* Tenho que me encontrar com a Abby para um trabalho de escola. Podemos fazer isso outro dia?"

Ela riu e me deu outro abraço.

"Não chegue tarde, tudo bem? Vamos pedir comida. Devo pedir algo para você, ou vai comer com sua amiga?"

"Vamos pegar algo do supermercado, mas eu não me importaria se houvesse algumas sobras pra depois. Tchau, mãe."

"Tchau, Bondosa Kate." Ela acenou.

Peguei meu skate e me dirigi à casa da Abby, indo direto para o seu quarto. Ela tinha acabado de falar com alguém quando eu abri a porta.

"E aí, Kate? Você está adiantada. O que me conta?"

"Não muito, Abby. Bem, na verdade, muito, realmente."

Eu me sentei em uma almofada no chão e ela fechou a porta.

"Deixe-me adivinhar", ela começou. "Você está nervosa sobre hoje à noite."

"Estou, mas não é isso. É um pouco difícil falar sobre isso."

"Está tudo bem?" Ela parecia preocupada. "Você está se sentindo mal novamente? Espero que não. Esta noite vai ser lendária."

"É sobre o Torres", eu soltei.

Ela se sentou ereta, apertando os olhos e fechando os punhos. "Torres? O que tem ele? Por favor, não me diga que ele te convenceu a não terminar a competição. Eu não aguentaria ele me sabotando justo quando estamos prestes a ganhar."

"E é sobre você também."

"Ah." Ela pausou. "O que é, então? O que você teria para falar sobre nós justo antes da maior noite de nossas vidas?"

"Isso não é fácil, então vou simplesmente dizer, tá bem?" Ela acenou com a cabeça para que eu continuasse.

"Houve algumas vezes que eu senti que você queria que eu te apoiasse, mostrasse minha lealdade a você." Eu pausei. "Mas senti que se eu fizesse isso, estaria mandando ao Torres e ao Alex a mensagem de que estava contra eles, o que não é absolutamente nada do que sinto por eles."

Ela parecia surpresa. "Quando eu fiz isso?"

"Bem, você não me disse explicitamente para não falar ou não ser amiga deles. Mas acho que essa competição está fazendo você priorizar seus interesses pessoais sobre os sentimentos dos outros ou seu bem-estar, incluindo o meu."

"Eu não sei se estou te acompanhando. Do que você está falando?" Ela parecia brava agora.

"Lembra de como nós estávamos falando de não colher a Maserati se o tio do Torres estivesse trabalhando esta noite? Bem, você não pareceu se importar que eles poderiam ter problemas se algo ruim acontecesse."

"Por que eu deveria me preocupar com aquele quatro-olhos egoísta?"

"Por que não? Eu achei que o Torres fosse seu amigo."

"*Era.* Passado. Eu não poderia me importar menos com ele ou seu tio idiota. Olha", ela pausou e me olhou nos olhos. "Eu acho que você não entendeu. Eu tenho trabalhado duro nos últimos meses para ganhar essa competição, e não há nada, e eu quero dizer *nada* com exceção de holocausto nuclear, que possa me parar de pegar aquele emblema esta noite. Eu vou ganhar a competição e vou esfregar no nariz dele. Eu mal posso esperar para ver seu rosto estúpido quando ele tiver que admitir que perdeu e ouvi-lo me chamar de Rainha de New Bern."

"Você quer dizer *nos* chamar? Estamos as duas competindo."

"Certo, certo, você e eu. Nós duas seremos coroadas esta noite quando colhermos a Maserati de dez pontos. E será fim de jogo para o Torres."

Me doía ver a Abby falando dessa maneira.

"Você não está nem um pouco preocupada com os sentimentos dele?"

"Kate, eu já disse antes e volto a dizer. Eu não dou a mínima para o Torres. Se não fosse pelo Tony, o Todd o teria flagrado na outra noite, e o Torres estaria atrás das barras, que é onde ele deveria estar."

"Como assim, 'se não fosse pelo Tony'?"

"Não importa. Não funcionou então, mas esta noite ele não terá o Tony para salvá-lo."

"E-eu não entendo, Abby. Do que você está falando? O que vai acontecer esta noite?"

Ela virou de costas pra mim e foi até sua penteadeira, pegou uma escova e começou a escovar os cabelos, evitando contato visual.

"Abby, o que você não está me dizendo?"

Ela simplesmente continuou escovando o cabelo.

Eu fiquei em pé, não sabendo muito bem o que fazer. O que ela quis dizer sobre o Tony não poder salvá-lo esta noite? Eu andei até ela e coloquei a mão em seu ombro. Eu podia sentir que ela estava tremendo.

"Abby? Não importa o que seja, você pode me contar."

Ela finalmente se virou e estava chorando.

"Eu acho que fiz besteira", ela soluçou.

"O que você quer dizer? Por que você está dizendo isso?"

"Ai, merda, eu fiz besteira!" Ela ficou em pé e tirou minha mão de seu ombro. "Eu realmente fiz uma enorme besteira!"

A cara dela estava coberta de lágrimas e catarro.

"Abby", eu sussurrei. "Eu consigo ver que você está chateada, então por que você não se senta e tenta se acalmar? Vou pegar um copo d'água pra você, tá bem?"

Ela me deixou conduzi-la até a sua cama e eu passei a mão em seu cabelo, prometendo que voltaria logo. Apesar de eu só ter estado em seu quarto antes, era relativamente fácil encontrar a cozinha e os copos no armário ao lado da pia. Quando voltei, a Abby estava encolhida em sua cama e estava chorando descontroladamente, fazendo um barulho baixo e fino, como um animal machucado.

"Aqui, tome um pouco de água."

Ela se sentou, limpou o rosto com a parte de trás da mão e tomou um gole.

"Obrigada." Ela fungou e me devolveu o copo. "Isso ajudou."

Eu me sentei ao lado dela. "Você quer conversar sobre o que está te incomodando?"

Ela olhou para baixo, para seus sapatos, por um tempo. Quando não ofereceu uma resposta, eu fiquei em pé e peguei meu telefone.

"O-o que você está fazendo?"

"Estou mandando uma mensagem para a Hannah dizendo que não vamos colher esta noite."

"Espera!" Ela se levantou. "Espera, não faça isso! E-eu não quero cancelar ainda."

"Você obviamente não está em condições de fazer isso hoje, Abby."

Ela tentou me interromper, mas continuei falando.

"Amanhã, se você estiver se sentindo melhor, poderemos pensar em outro plano, um que não requeira colher a Maserati. O que são mais dez emblemas entre nós duas?"

"Não!" Ela gritou mais alto dessa vez. "*Tem que* ser a Maserati! Não existe outra maneira." E ela começou a chorar novamente.

Eu parei de digitar e abaixei o telefone. "Abby, estou ficando realmente preocupada com você. Devo ligar para sua mãe?"

"Não!" E segurou a minha mão. "Não quero que minha mãe me veja assim."

Então você pode, por favor, me dizer o que está acontecendo? Estou realmente preocupada. Ela respirou profundamente duas vezes e limpou o rosto com o travesseiro. "Eu deveria pegar lenços de papel pra você?"

"Nah." Ela suspirou. "Eu lavo isso depois."

Eu decidi dar a ela um tempo para que se sentisse melhor. Quando ela não disse nada depois de um minuto, peguei meu telefone novamente, o que a fez começar a falar.

"Olha, eu fiz besteira."

"Você já falou isso algumas vezes", eu brinquei, tentando dissipar a tensão, mas ela não sorriu.

"Você sabe há quanto tempo e quão duro eu trabalhei para ganhar essa competição, certo?"

Eu consenti com a cabeça.

"Bem, aí você apareceu e começou a ajudar. Eu estava bem confiante de que nós duas conseguiríamos ganhar a competição bem rápido. Você ainda tem muito que aprender, mas aprende rápido, então eu estava convencida de que conseguiríamos rapidamente. Eu tinha certeza! Mas quando você pegou o número trezentos, alguma coisa deve ter estalado dentro de mim, porque tudo o que eu podia pensar era em como encontrar uma maneira de esfregar no nariz do Torres o fato de que eu ia ganhar. Eu queria vê-lo sofrer. Eu *preciso* vê-lo sofrer."

Ela fez uma pausa para tomar alguns goles e limpar o nariz na fronha do travesseiro antes de continuar.

"Aquele dia, quando estávamos na escola falando sobre o restaurante, uma ideia me veio à cabeça. Era uma ideia terrível, mas uma vez que comecei a pensar nela, simplesmente não conseguia parar de fazê-la rodar em minha cabeça."

Ela pausou novamente.

"Eu pensei: e se eu pudesse fazer algo para desacelerá-los? E se eu fizesse algo que os fizesse pensar duas vezes antes de colher outro emblema? Então" — ela colocou a mão em meu braço — "então eu e você poderíamos colher a Maserati e ganhar a competição sem termos que nos preocupar com eles."

Meu estômago afundou. "Abby, o que você fez?"

"Ai, meu Deus!" Ela choramingou no travesseiro. "Por favor, não me odeie, Kate! Por favor, *por favor,* não me odeie!" Ela tirou a cara do travesseiro.

Agora era minha vez de respirar fundo antes de responder.

"Eu prometo que eu não vou chegar a nenhuma conclusão precipitadamente e vou te dar uma chance para se explicar. Além disso, não posso fazer nenhuma promessa até ouvir o que você tem a dizer. Te parece justo?"

Ela olhou em meus olhos como se estivesse procurando algo. E deve ter encontrado, pois consentiu com a cabeça e começou a falar novamente.

"Naquele dia, depois da aula, eu liguei para a Tish."

"Tish? A nossa Tish?"

"Sim, nossa Tish. Você provavelmente não sabe, mas ela vende maconha na escola."

"A Tish é traficante?"

"Sim, mas relaxa, Kate. É só maconha, sabia? Não é como se ela estivesse vendendo crack."

Não é como se eu não conhecesse gente em Kailua que fazia o mesmo. Havia alguns jovens que começaram a vender *pakalolo* no colegial, mas eles eram meninos, então escutar que uma menina estava fazendo o mesmo me pegou de surpresa.

"Tá." Eu continuei tentando mostrar que não era um problema. "Por que você ligou pra ela? Você fuma maconha? Não que eu me importe", rapidamente completei.

"Esse não é o ponto", ela respondeu. "O ponto é que a Tish pega seu produto de alguém que vende na escola e agora está fazendo seu próprio esquema à parte."

"Tá..."

"Liguei para ela porque sabia que se eu lhe contasse sobre o plano, ela deixaria escapar para o seu fornecedor, que estaria muito, muito interessado."

"Interessado em que sentido?"

"Interessado no sentido de que essa pessoa provavelmente ia querer se envolver."

"Eu não entendo, Abby." Eu estava ficando cansada. "Por que alguém que trafica *pakalolo* — maconha — estaria interessado em nossa competição?" Quem é esse fornecedor? Por que ele se importaria?"

"Por favor, lembre-se de que você disse que não ia me julgar." Ela olhou para baixo. "Prender alguns ladrões pequenos é exatamente o que o fornecedor da Tish ia adorar fazer para subir seu ibope com o pessoal na escola." Ela pausou. "Seu fornecedor é Todd Bates."

11

TODD BATES

Era fácil ver que Todd Bates tinha como destino ser uma estrela, muito próximo de Troy Aikman, e possivelmente a melhor coisa a sair de New Bern desde que a primeira garrafa de Pepsi saiu do estado. Até que não.

Seu caminho para o estrelato começou cedo no colégio, quando ele decidiu fazer os testes para entrar no time de futebol americano. Apesar de não ter praticado esportes nos primeiros quatorze anos de sua vida — com exceção talvez para o pouco tempo que passou jogando beisebol para crianças quando tinha apenas um metro e pouco de altura — depois de um verão de muito treino e muita disciplina, Todd se deu bem no futebol americano como um pato na água. No final do verão, o técnico Sanders entregou-lhe a camisa número dez e lhe deu uma chance de se tornar o mais novo quarterback secundário para os Ursos. A grande chance de Todd apareceu uma sexta à noite no começo de setembro, quando os Ursos viajaram para Jacksonville para jogar contra os Monarchs. Tudo parecia ir bem para o time do técnico Sanders até os primeiros cinco minutos do terceiro tempo. O que deveria ter sido uma jogada fácil do quarterback na linha de três jardas dos Monarchs, na segunda jogada, fez sua esperança de ganhar o campeonato ser interrompida abruptamente quando o Chris Reyes foi esmagado contra o chão por dois enormes defensores, quebrando a sua clavícula.

Enquanto Chris era levado para fora do campo, a bola foi dada a Todd, e lhe disseram para fazer exatamente como ele havia feito durante todas aquelas semanas de treino. Para a surpresa de muitos, incluindo a dele, ele fez um passe curto para o *wide receiver* para fazer seu primeiro touchdown. Acontece que a memória pródiga de Todd para as jogadas que eles tinham praticado, e os aproximadamente trinta quilos de músculos que ele tinha ganhado fizeram a combinação letal e perfeita, que o ajudou a fazer o passe para mais três touchdowns. O placar final foi de 42 a 14 para os Ursos, e o Todd foi carregado do campo por seus companheiros, que rapidamente se esqueceram de que o Chris Reyes era seu quarterback titular.

Por uma semana inteira depois do jogo, Todd vivenciou algo que ele só tinha visto em filmes. Todo lugar que ele ia, as pessoas queriam falar com ele e perguntar-lhe sobre o jogo, todos agindo como se ele fosse o presente de Deus para o mundo e eles tivessem sorte de que ele havia escolhido a sua escola. Garotos jovens diziam que queriam ser como ele. E as meninas... As meninas o queriam, e Todd não sabia o que fazer com todos os números de telefone e a atenção.

Sexta após sexta, time após time caiu à mercê dos poderosos Ursos. Sanderson, New Hanover, Hoggard, Ashley — uma lavada de 63 a 0, E.A. Laney, J.H. Rose — nenhuma dessas escolas soube o que os atropelou. Ninguém tinha ouvido falar do garoto novo que tinha substituído o Reyes, e, portanto, ninguém tinha preparado uma estratégia para se defender de seus passes precisos e sua rápida corrida. Ninguém esperava que os Ursos chegassem ao mata-mata aquele ano, mas eles chegaram.

Depois que eles venceram o J.H. Rose em Greenville pela segunda vez, a vida de Todd virou a de uma celebridade. Não importava aonde ele fosse, as pessoas o paravam e pediam para tirar fotos com seus telefones. Todas as meninas que até então tinham tentado em vão fazer com que ele lhes ligasse mudaram para táticas mais diretas, e um dia depois do treino duas líderes de torcida o encurralaram no vestiário vazio. As garotas nunca lhe deram chance para mostrar sua inexperiência, e antes do jornal das sete passar na TV, Todd tinha se tornado um homem. Duas vezes.

Dizer que ele gostava da experiência era pouco, e na maioria das noites, depois de perder a virgindade, especialmente às sextas-feiras depois de um jogo exitoso, Todd ficava no vestiário vazio depois que todos tinham partido. A maioria das noites acabava da mesma maneira. Depois de ganhar do Southeast Raleigh no dia após a Ação de Graças, qualquer pretensão ou timidez genuína que ele ainda pudesse ter tinham sumido completamente, deixando em seu lugar alguém que conseguia o que quisesse, não importavam as consequências.

O time ainda treinava todas as tardes depois da escola, todos cuidadosamente tentando não mudar a rotina e as atividades que até então tinham funcionado tão bem para eles. Todo mundo, com exceção das líderes de torcida, que de repente pararam de ficar depois do treino. Rumores começaram a circular, mas rumores sendo o que são, as pessoas simplesmente davam de ombros e continuavam suas vidas, com a possibilidade de celebrar o campeonato antes das festas de fim de ano se tornando cada vez mais real.

O jogo da semifinal contra o Hillside deixou a cidade em expectativa. Como os Ursos, os Hornets tinham ganhado até então cada um de seus jogos, marcando em cima de seus oponentes 589 pontos contra somente 141, incluindo algumas vitórias massacrantes.

New Bern acordou vibrante aquele dia, com todos na cidade usando uma combinação das cores vermelho, branco e preto para demonstrar seu apoio à equipe. Conforme o dia passava, uma onda de agitação e felicidade finalmente conseguiu quebrar as frágeis tentativas dos professores de prevenir o inevitável. Turma após turma de alunos ansiosos olhava para seus telefones e para os relógios nas paredes das salas de aula, contando os minutos, até que o último sinal da escola colocaria um fim à sua agonia e liberaria o tsunami de torcedores em direção ao campo de futebol.

Todd estava realmente curtindo a atenção que estava recebendo aquele dia, nem fingindo ter interesse naquilo que as professoras estavam ensinando. Tudo em que ele conseguia pensar eram o sucesso, a fama e as meninas que se jogariam em cima dele depois que ele ganhasse o campeonato.

Ele não tinha dúvidas quando ao resultado. Os Ursos iriam esmagar os Hornets e ele correria, não, andaria para fazer alguns touchdowns ele mesmo. Inclusive, Todd estava tão certo de que eles ganhariam que jogou a cautela ao vento e, pela primeira vez desde que se tornou quarterback titular, pulou a tradicional sessão de aquecimento logo antes do jogo, escolhendo em vez disso aquecer-se assediando as líderes de torcida que ainda o idolatravam por seus feitos atléticos.

Antes do jogo, o técnico Sanders chamou o time para algumas palavras de encorajamento, e também para injetar um pouco de humildade naqueles jogadores que estavam agindo como se o jogo já estivesse decidido a seu favor. Ele lembrou a todos que os Hornets também tinham uma temporada invicta, e que, portanto, não deveriam ser menosprezados... *ainda*, ele acrescentou com um sorriso maquiavélico, o que fez todos torcerem e gritarem.

Não foi senão quando o juiz lhe perguntou por seu quarterback titular que Sanders percebeu que Todd estava ausente. Alguns jogadores foram enviados em uma caça para encontrar o seu jogador principal, que eventualmente apareceu no campo colocando sua proteção de ombros e passando seus dedos pelo cabelo bagunçado. A torcida o recepcionou em pé e com aplausos.

"Onde você estava, Todd?", o técnico perguntou, levantando o tom de voz somente alto o suficiente para ser escutado por cima do canto que vinha das arquibancadas. "Precisamos de você completamente focado", ele continuou, tentando não demonstrar sua frustração. "Os Hornets já tiveram tempo de aprender sobre você agora, então devemos ter cuidado para não usar as mesmas jogadas com frequência."

"Deixe comigo, cara", Todd interrompeu. Antes que Sanders pudesse recolher seu queixo do chão, Todd tinha ido para a lateral do campo, não escutando, ou fingindo não escutar os gritos de seu técnico.

Não demorou muito para que os fãs apaixonados descobrissem que esse não seria um jogo fácil para os Ursos. Os Hornets tinham feito sua lição de casa.

Ambos os times estavam equilibrados, e, quando chegou a hora do intervalo, os Ursos foram para o vestiário não sabendo o que fazer para mudar o ritmo de jogo. Todd estava visivelmente chateado com a inabilidade de seu time fornecer-lhe proteção por tempo suficiente para que ele pudesse fascinar a todos com sua corrida. Cada vez que ele tentava sair do lugar, encontrava-se esparramado no chão com um ou mais jogadores dos Hornets por cima dele.

"É melhor você melhorar seu jogo e começar a bloquear alguém, Slagle", ele gritou com a equipe defensiva. "Eles estão nos matando com blitzes, e se eu tiver que me recolher do chão novamente, é fim de jogo pra você!"

"Você não é o técnico, Todd", desafiou Slagle. "Talvez se você fizesse algo útil e passasse a bola ao invés de tentar fazer cada merda de ponto uma vez na vida, estaríamos em uma posição melhor."

Antes que Slagle pudesse curtir o momento de confronto, e para a surpresa de todos no vestiário, Todd se jogou contra ele, pegou-o sem guarda e o levou para o fundo do vestiário, derrubando algumas pessoas pelo caminho, sendo uma delas o técnico.

O rosto do Sanders era uma máscara de fúria quando ele tirou Todd de cima de Slagle pela gola e o empurrou contra um dos armários.

"Escuta aqui, seu pedaço de merda", ele rosnou. "Eu tenho aguentado sua atitude egoísta por muito tempo. Eu não me importo com quantos touchdowns você faz ou em quantos jogos você nos ajudou nesta temporada", ele continuou, sacudindo Todd contra o armário a cada palavra. "Nós éramos um time muito antes de você chegar, e continuaremos a ser um time com ou sem você." Ele pausou para fazer suas palavras terem efeito. "Eu não me importo se ganhamos ou perdemos, mas é melhor você tirar a cabeça da bunda e ajudar os seus companheiros de equipe; caso contrário, é banco pra você! Entendido?"

O vestiário inteiro segurou a respiração.

"Tire suas patas imundas de cima de mim, velhote!", disse Todd. "*Eu* sou o motivo pelo qual vocês chegaram tão longe no mata-mata. *Eu* sou o motivo pelo qual a cidade inteira está usando nossas cores." Ele olhou em volta. "Foi a *mim* que eles vieram ver, e sou *eu* quem vai ganhar essa partida e salvar os *seus* traseiros de passar vergonha. Não se engane, *técnico*", ele disse desafiadoramente. "Você não se importa se ganhamos ou perdemos? Bem, eu me importo!" ele gritou. "Ambos sabemos que *você* precisa de *mim* tanto quanto *eu* preciso dessa vitória para cimentar o *meu* legado e pavimentar o *meu* caminho para uma carreira de sucesso na faculdade *e* nos times principais."

Todd tirou o técnico Sanders de cima dele e saiu nervoso do vestiário.

Depois de alguns minutos desconfortáveis, um dos seus técnicos auxiliares colocou a mão no braço de Sanders, trazendo-o de volta à realidade.

"O que você quer que a gente faça, técnico?" ele perguntou. "Nós mantemos Todd no jogo ou você quer começar com o Wellington no terceiro quarto?"

O técnico Sanders olhou em volta e ficou comovido de ver a preocupação nos olhos de todos. Ele respirou fundo.

"Escutem aqui, todo mundo!", ele gritou.

"Escutem todos!", os técnicos auxiliares gritaram desnecessariamente. "Escutem", o técnico Sanders disse novamente. "O que vocês acabaram de testemunhar é exatamente o que eu... nós" — ele rapidamente se corrigiu — "desaprovamos nesta escola. Não importa quão bom você é, o time sempre vem primeiro." Ele olhou em volta no vestiário e viu todos os jogadores concordando com a cabeça. "Nós, toda a equipe técnica, sempre acreditamos em ganhar ou perder juntos, como um time. Mesmo se o próprio Patrick Holmes fosse se juntar a nós ano que vem." Ele pausou enquanto alguns dos jogadores riam da ideia absurda do Patrick Holmes usando um uniforme dos Ursos. "Mesmo que ele usasse", ele continuou, "mas agisse como um babaca completo e somente pensasse em si mesmo, nós não o deixaríamos se safar com merdas como essas." Ele gesticulou para mostrar a bagunça do equipamento espalhado.

Um dos jogadores do terceiro ano levantou a mão. "Técnico?"

"Sim, Tharpe?"

"Mas isso não é exatamente o que você permitiu que o Todd fizesse durante toda esta temporada?", ele disse timidamente.

Mais uma vez o vestiário foi silenciado, e por um momento os olhos do técnico Sanders flamejaram de raiva, o que rapidamente se transformou em vergonha, e finalmente aceitação. Ele baixou os olhos antes de responder. "Você está absolutamente correto, Tharpe. Absolutamente correto." Ele pausou. "Eu tenho de confessar que me empolguei com a febre da possibilidade de ganhar o campeonato, e por causa disso escolhi ignorar o que estava acontecendo em campo" — ele olhou para os assistentes técnicos — "e mesmo dentro deste vestiário após o horário." Ele olhou para cima novamente. "Eu assumo total responsabilidade por permitir que essas coisas acontecessem, porque elas aconteceram durante a minha guarda. Prometo a vocês que eu vou olhar pessoalmente cada acusação e rumor. No fim das contas, eu me considero responsável pelo comportamento deste time dentro e fora de campo, e eu prometo", ele terminou com convicção, "que nós voltaremos a ser um time de verdade. Agora, vamos voltar ao campo e dar aos Hornets tudo o que temos!", ele gritou, iniciando uma avalanche de comemorações e gritos de "Vamos, Ursos!" enquanto os jogadores voltavam para o campo.

Por grande parte do terceiro quarto o jogo continuou morno, cada time fazendo o melhor para prevenir que o outro marcasse, até logo antes do final do quarto, quando, frustrado, Todd empurrou um de seus próprios jogadores em seu atacante, fazendo com que eles caíssem e abrissem um buraco na defesa dos Hornets, o que ele rapidamente aproveitou para correr as trinta e cinco jardas restantes e fazer um touchdown.

O estádio implodiu em gritos e Todd fez sua dancinha na zona final, enquanto os assistentes técnicos e alguns jogadores foram ajudar os dois que tinham trombado.

"Vocês me viram? Vocês me viram?" Todd gritou para a torcida e para seus oponentes na lateral do campo. "Esta é *minha* casa", ele se vangloriou, "e ninguém, *ninguém* vem à *minha* casa e manda em *mim!*"

Alguns dos jogadores do Hornets tiveram que segurar um enorme defensor que não gostou da provocação e prometeu que lhe daria outro ânus antes do final da partida. Isso deu aos Hornets justamente a faísca correta para que eles continuassem, e na próxima jogada eles retornaram um chute para um touchdown, empatando o jogo em sete a sete.

Pelos próximos minutos o tempo e a intensidade do jogo aumentaram, e o juiz se descobriu extraocupado tentando prevenir que jogadas e bloqueios inocentes escalassem para brigas. Ele estava visivelmente aliviado quando o terceiro quarto acabou.

Durante o jogo, até então, o pensamento de que eles poderiam perder o jogo e a chance de ganhar o campeonato nunca tinha passado pela mente de Todd, mas na hora em que ele estava com a bola novamente, decidiu que o destino do time dependia dele. Então ele fez o que sabia de melhor e decidiu fazer a jogada que tinha funcionado tão bem durante boa parte da temporada, quando ele fingia que ia lançar a bola para o *running back* e corria com ela ele mesmo até o final da zona de pontuação.

Se o seu *tight end* tinha ficado de saco cheio da atitude de Todd ou genuinamente tropeçou na próxima jogada, ninguém sabe, mas assim que a bola foi lançada e a jogada posta em movimento, o enorme defensor que tinha que ser segurado antes encontrou seu caminho completamente desobstruído pela primeira vez durante o jogo, e antes que Todd pudesse tentar fingir que ia passar a bola, ele foi martelado por cem quilos de pura força muscular, o que o enviou pelos ares, caindo abruptamente no gramado, a alguns passos de onde tinha começado.

A visão de Todd sumiu por alguns segundo desorientadores, seguido por um zumbido alto em sua cabeça. Quando ele finalmente conseguiu enxergar de novo, registrou duas coisas em rápida sucessão. Uma, a bola já não estava presa fortemente em seus braços musculosos, mas rodopiando não muito longe de seu pé esquerdo; e dois, seu pé esquerdo estava apontado em uma direção que não deveria ser possível se as leis de anatomia humana fossem apropriadamente observadas.

Para seu crédito, ele conseguiu manter-se consciente tempo suficiente para ver o defensor pegar a bola que estava solta e correr com ela para marcar o que acabou sendo o touchdown vencedor para o seu time. Foi somente então que as sinapses do Todd finalmente decidiram despachar a mensagem para o seu cérebro de que sua perna esquerda estava gravemente ferida. Suas sinapses funcionando agora a pleno vapor, ele sentiu uma dor agonizante, e em seguida nada mais.

Ele foi levado para fora do campo e rapidamente colocado no carro de um dos assistentes técnicos, que relutantemente aceitou a duvidosa honra de perder o resto do jogo para levar Todd ao pronto-socorro. Com sua estrela fora do jogo, os Ursos dependiam de seu quarterback substituto e valentemente tentaram ganhar o jogo, mas os seus esforços foram em vão e o jogo terminou com o time visitante ganhando por um touchdown.

Todd escutou a notícia um pouco antes de ser levado para a cirurgia, na qual o médico passou os próximos quarenta e cinco minutos consertando os ligamentos rompidos de seu joelho. Apesar de ter recebido uma dose substancial de anestesia e estar completamente apagado, ele para sempre acreditaria que foi nesse momento que seus demônios internos foram completamente acordados, levando aos problemas que o assombrariam para o resto de sua vida.

Quando retornou para a escola depois de passar a maior parte das férias de Natal na cama, ele rapidamente se conscientizou de que as coisas tinham mudado. Amigos que buscavam a oportunidade de serem vistos próximos a ele começaram a evitá-lo, alguns chegando ao extremo de não irem aos seus armários de manhã para evitar falar com ele. E quando eles inevitavelmente se encontravam nos corredores ou no refeitório, eles sempre tinham algo urgente que os impedia de ficar e passar tempo juntos como antigamente.

Todd jurou que esmagaria todo mundo que o destratou. Um por um, eles todos voltariam rastejando para ele uma vez que os recrutadores das faculdades começassem a enchê-lo de propostas que ele tinha certeza de que eles fariam. Mas quando seu gesso foi retirado e ele mancava pela escola, nenhum recrutador veio. Durante algumas semanas, ele guardou toda a dor e a raiva dentro de si, majoritariamente graças a doses não saudáveis de remédios para dor. Quando esses acabaram e os médicos se recusaram a renovar a receita, ele começou a atacar o armário de bebidas alcoólicas de seu pai, e logo começou a faltar às aulas, escolhendo ao invés disso passar tempo com um grupo de maconheiros que tinham desistido da escola um ano antes.

Todd não entrou no programa de futebol americano na UNC em Chapel Hill. Ele também não conseguiu entrar no programa de futebol da Duke, NC State, Clemson, ou até mesmo a Appalachian State. Ele estava tão certo de que essas escolas estariam brigando por ele que nem se preocupou em se candidatar a nenhum outro lugar. Quando o dia da formatura se aproximava e os olheiros de futebol pararam de retornar suas ligações, ele parou de ir para a escola de uma vez por todas, perdendo a maioria de suas provas finais e fazendo que seus sólidos C's chegassem perigosamente perto de D menos.

Em uma grave névoa de álcool e drogas, ele brutalmente assediou uma líder de torcida.

O único motivo pelo qual ele conseguiu escapar da prisão foi porque seu pai, um importante membro da força policial e político em ascensão, foi capaz de comprar o silêncio dos pais da vítima e dos socorristas, com promessas de ganhos financeiros e avanços de carreira uma vez que ele se tornasse o xerife da cidade, o que conseguiu logo em seguida.

Uma de suas primeiras ações como xerife foi fazer de Todd um assistente em seu departamento, imaginando que ele poderia manter um olhar mais próximo das atividades do filho e mantê-lo no caminho reto o máximo possível, ou usar sua influência e dinheiro quando esse caminho fosse desviado.

A habilidade de Todd para aprender as coisas de forma rápida veio novamente salvá-lo, e ele rapidamente descobriu como poderia usar sua posição como filho do xerife para conseguir o que queria com seus companheiros que estavam competindo por uma chance de crescer no departamento. Ele inclusive conseguiu alguns favores de alguns membros veteranos da força policial, que fingiram que não viram quando ele começou a vender maconha para os jovens no ensino médio e no colegial.

12

NEGÓCIO ARRISCADO

"O que você está procurando, bonitinha? Está procurando *alimentar* a sua mente ou *outra coisa?*" Todd disse, encostando em seu carro de patrulha.

Abby tentou fortemente não mostrar sua repulsa.

"Você está interessada em pegar alguns jovens que têm vandalizado carros pela cidade?"

"Carros vandalizados? Do que você está falando?", ele perguntou, saindo do carro e instintivamente colocando a mão na coronha de seu revólver.

Abby deu um passo para trás, levantou as mãos levemente e se preparou para empurrá-lo caso ele tentasse agarrá-la.

"T-tem alguns alunos da escola que estão planejando roubar emblemas de carros esta noite", ela gaguejou.

"Roubar carros?" Ele a olhou com descrédito. "Quem está planejando roubar carros?"

"Não carros", ela disse, rapidamente escondendo sua irritação quando se lembrou de com quem ela estava falando. "Ninguém vai roubar *carros*", ela continuou. "Eles estão planejando roubar *emblemas* de carros, sabe?"

Todd a encarou como se ela estivesse falando em outro idioma.

"Aqui", ela disse, andando em direção à parte de trás do seu carro. "Você vê essa palavra Impala anexa no porta-malas do seu carro? *Isto* é um *emblema.*"

"Por que raios alguém iria roubar *isso?*", ele disse, irritado. "Olhe, bonitinha, você está *fodendo* comigo?"

"Não! *Jizuis, eww...* não!"

Ele não estava certo de que ela tinha a intenção de insultá-lo ou não, mas achou engraçado e riu.

"Bem, e como você sabe se você não provar o produto?", ele perguntou, olhando para ela dos pés à cabeça, reservando um tempo extra à sua área central.

Abby ficou muito vermelha e não pôde mais controlar seu nojo e irritação.

"Olha, *Todd.* Eu estou aqui para te oferecer dois criminosos em uma bandeja de prata, mas se você vai ficar aí parado me olhando como um pervertido, eu posso encontrar alguém que esteja mais interessado."

Ela se virou, mas antes que pudesse começar a andar sentiu sua mão calejada em seu braço, enviando um arrepio de repulsa por sua coluna.

"Espera", ele ordenou. Ele a virou para que ela ficasse de frente com ele. "Você tem alguma ideia de quem eu sou? Ninguém fala assim comigo; ninguém!", ele disse, com raiva nos olhos.

Abby estava petrificada. Ela olhou para a mão dele, extremamente ciente da dor que ele estava infligindo em seu braço. Ele abriu a mão lentamente, um dedo de cada vez, expondo a impressão que eles tinham deixado em sua pele.

"Você vai me contar sobre esse negócio de roubar coisas de carros agora mesmo, ou vou levar você para a delegacia para que tenhamos uma conversa."

Abby esfregou o braço, respirou profundamente e começou a falar. Ela contou tudo sobre o plano de roubar emblemas dos carros estacionados no Sanuki naquela noite. Uma vez que ela começou a falar, não conseguia mais se controlar. Era como se seus sentimentos de culpa pelos últimos meses estivessem se amontoando dentro dela, criando impulso, esperando a oportunidade certa para escapar. Ela inclusive falou para ele sobre a competição, como alguns emblemas valiam mais pontos que outros, e como alguns alunos estavam próximos de ganhar, mas omitindo o fato de que ela era um deles.

"Uma competição de roubo, hein?" ele disse para ninguém em particular, seu olhar perdido no espaço como tentando lembrar de alguma coisa mas rapidamente se esquecendo. "E quem são esses jovens que querem atacar o restaurante? Quais são seus nomes?", ele perguntou, agora olhando para ela.

"E-eu não posso dizer isso."

"Por que não?", ele gritou furioso, e daí mais calmo, lembrando que ainda estavam em público. "Por que não?"

"Porque eu não quero que eles sejam pegos", ela respondeu, quase desistindo.

"Por que diabos não? Você quer que eu os deixe entrar no Sanuki, se divirtam roubando emblemas de carros e depois os deixe ir embora?"

"Não!" Ela pausou. "Não, não os deixe roubar nada! Isso estaria errado." Ela olhou para ele. "Somente os assuste um pouco, mas..."

"O quê???"

"Mas não os machuque ou os prenda... São apenas adolescentes idiotas", ela terminou falando baixo.

Ele não estava entrando na dela. "Se tudo o que você quer é assustá-los, então por que você está me contando tudo isso? Você não parece nenhum tipo de santa para mim. O que você ganha com isso?"

Abby sabia que tinha de dizer alguma coisa, mas também sabia que não podia dizer a verdade. Ela não podia dizer a ele que o único motivo pelo qual ela precisava que o Todd assustasse o Torres era porque ela queria que este ficasse tão assustado que pensaria duas vezes antes de colher outro emblema, dando a ela zero competidor. Mas não importava quanto ela quebrasse a cabeça para tentar chegar a um motivo plausível, simplesmente não podia pensar em nada, então ela não lhe deu nenhum.

Ele gritou, "É aquele moleque brasileiro do time de futebol, não é?"

A expressão facial de Abby deve tê-la traído, e Todd chegou mais perto dela, com um sorriso irônico na cara.

"Ah, demorou um pouco para juntar dois mais dois, mas acabei de me lembrar que nossa amiga em comum..."

Tish! Pensou Abby.

"...mencionou alguma coisa sobre... qual é o nome dele mesmo? Terrence? Não. Thomas? Não. "T" alguma coisa." Ele apertou os olhos e olhou distante, para cima, tentando fazer sua memória funcionar. "Tito. Torres... TORRES! Isso, Torres, é isso!", ele gritou triunfantemente. "Ela disse alguma coisa sobre uma competição e o prêmio do carro do meu pai..."

MERDA! Abby lutou fortemente para não deixar o queixo cair no chão.

"...mas não fazia sentido nenhum para mim até agora... Então é verdade, hein? Aquele moleque está planejando atacar o Sanuki, então?"

"Eu terminei com você. Disse o que tinha de dizer, e se você não quer fazer o *seu* trabalho, então vai se ferrar!", ela disse, mostrando-lhe o dedo do meio e deixando-o tão surpreso que ele não pôde fazer nada, exatamente o que ela esperava.

Todd foi até o seu carro e foi embora. Ele não estava acostumado a ser tratado assim, especialmente por uma colegial, mas não podia deixar de admirar seu gênio.

"Acho que estou apaixonado", ele brincou consigo mesmo. "Mas primeiro, ao trabalho. Tenho um par de vândalos para pegar."

13

ENCONTROS TARDE DA NOITE

"Você fez o quê?!" Eu não podia acreditar.

"Me desculpe", Abby choramingou. "Eu estava com raiva, tá? Eu não estava pensando direito."

"Você *claramente* não estava pensando. O Todd poderia ter feito alguma coisa com você! Quero dizer, quem sabe o que ele é capaz de fazer?

Ela deu de ombros.

"Abby..." Eu respirei fundo, segurando por alguns segundo extras, com meu cérebro prestes a explodir. "Abby", eu disse novamente, mas desta vez mais calma. "É por esse motivo que colhemos o carro do prefeito antes de irmos ao Sanuki? Você estava planejando que na hora em que chegássemos lá o Todd teria pegado o Torres e o Alex, deixando todo o lugar disponível para nós?" Ela olhou para baixo por um segundo, limpando seu rosto no travesseiro antes de olhar para cima novamente.

"É claro!", ela disse rispidamente, com a voz cheia de ódio. "Eu queria que aquele nojento pegasse o Torres em flagrante, não nós! Por que eu me importaria se um imprestável passasse algumas noites na delegacia? Você não consegue ver, Kate" — ela ficou de pé e colocou a mão no meu ombro — "que com o Torres longe vai ser uma vitória fácil para nós?"

Eu nunca quis empurrar alguém como queria empurrá-la nesse momento. Eu estava toda trêmula e precisei de toda a minha força de vontade para controlar minha raiva.

"Tem tantas cosias que eu quero dizer a você, Abby, mas não acho que posso fazer isso. Não agora. Eu estou muito brava, e chocada, e, e... desapontada que você deixou que uma competição idiota afetasse o seu julgamento e trair os seus amigos..."

"Ele NÃO é meu amigo!", ela gritou. "Ele NUNCA se importou comigo!" Ela também estava com os punhos fechados, como pronta para acertar alguém.

"Aí é que você se engana", eu a desafiei de volta.

Ambas estávamos respirando fortemente, apartadas por apenas alguns centímetros.

"O Torres se importa com você, *sim*, mas você está muito perdida em seus próprios pensamentos de grandeza para perceber." Eu me virei para sair do quarto.

"E o nosso plano para esta noite?" ela perguntou. "Nós temos que fazer esta noite."

"Hoje à noite?" eu perguntei, estarrecida. "Hoje à noite eu preciso avisar ao Torres que ele está sendo caçado. É o que um amigo de verdade faria."

Eu saí pisando duro.

O ar mais fresco da noite me ajudou a organizar os pensamentos. Estava ficando tarde, e eu tinha medo de que o Torres e o Alex já tivessem ido monitorar a loja. Eu procurei o número do Torres no Signal e disparei uma série de mensagens rápidas.

Eu: *"Torres, você está aí?"*

Eu: *"Atende, atende! Isso é importante."*

Depois de alguns minutos agonizantes meu telefone finalmente acendeu.

Torres: *"E aí, Rabbi, o que me conta?"*

Eu: *"Você tem que cancelar a colheita desta noite. Pode ser uma armadilha."*

Torres: *"O quê? Do que você está falando?"*

Eu: *"Não posso explicar agora, mas você tem que cancelar os seus planos."*

Torres: *"E por que eu faria isso?"*

Eu: *"Não posso te dizer."*

Torres: *"Por que não?"*

Eu: *"É complicado."*

Torres: *"Olha, eu não sei o que está acontecendo, mas eu tenho que me mover rápido. O Alex teve que cancelar para ajudar a mãe dele e estou sozinho."*

Eu: *"Torres, me escuta! É muito importante que você não vá hoje à noite!"*

Torres: *"Desculpe, Rabbi, mas já estou a caminho e tenho que desligar o telefone. Eu te enviarei a foto do número 311 em breve :p Inté!"*

Eu: *"Não!"*

Mas não tive resposta. Na minha cabeça só havia uma coisa que eu podia fazer, então comecei uma chamada em grupo e a andar o mais rápido que minhas trêmulas pernas me permitiam.

A Hannah foi a primeira a atender. "E aí, prima, onde você está?"

A Abby apareceu em seguida.

"Alô? Kate, Alika?"

"Eu preciso que vocês me escutem muito bem, tá bem? Isso é muito importante!", eu gritei no telefone.

"Kate, onde você está? Você não está com a Abby? Eu achei que vocês fossem..."

"*Hannah!*", eu a interrompi. "Você vai ter que me escutar por um minuto, está bem? Tá bem?"

"Uh, tá bom. O que está acontecendo?"

"Estou a caminho da loja agora mesmo."

"Você está indo *aonde?*" Abby e Hannah gritaram juntas.

"Me escutem por um minuto", eu disse, exasperada. "Eu acho que o Torres está com problemas e preciso chegar até ele antes que alguma coisa muito ruim aconteça."

"Você não pode ir até lá, Kate! Pode ser perigoso!"

"É *exatamente* por isso que tenho que ir, Abby. Eu não posso permitir que o Torres seja pego."

"Quem vai pegar o Torres?" Hannah perguntou. "O *que* está acontecendo, meninas?"

"Hannah, eu não posso explicar agora, mas acredito que o Todd pode estar de olho na garagem para pegar o Torres."

"Todd??? Por que ele estaria esperando pelo Torres? E por que a Abby não está indo também? Eu achei que vocês estivessem trabalhando juntas."

"Eu estou a caminho agora mesmo", foi a resposta da Abby.

"Você está?" Agora foi minha vez de parecer surpresa.

"Só não faça nada idiota, tá bom? Faremos isso juntas", ela disse, parecendo sincera.

"É melhor alguém começar a me explicar o que está acontecendo ou eu vou agredir vocês quando as encontrar." Eu pude notar pela voz dela que Hannah estava apenas meio brincando.

"Escutem, a garagem é logo virando o quarteirão, então eu tenho que ir agora, tá bom?" eu sussurrei. "Hannah, se minha mãe ligar, por favor, diga a ela que estou na casa da Abby."

"Está bem."

"E, Abby... Por favor, venha logo!" Eu desliguei o telefone assim que a placa da New Bern Paint & Autoshop apareceu. Era minha primeira vez lá, e agora que o sol havia se posto era difícil dizer quão grande era a garagem ou se havia alguma câmera de segurança. Decidi continuar andando, fingindo interesse em algo em meu telefone, e parei somente quando cheguei ao final do quarteirão. Pelo que pude observar, a garagem tinha três amplas portas para permitir a entrada de carros, além de algumas bombas de ar e um gigante sistema de aspirador na frente. Uma porta separada levava ao que parecia ser o escritório principal e à recepção-barra-área de espera. Todas as luzes de dentro estavam apagadas, me fazendo lembrar de muitos filmes de terror a que eu havia assistido. Um arrepio frio passou por minha coluna.

Dois portões de cada lado do prédio principal levavam a um estacionamento, que era onde eu acreditava que o dono mantinha as peças soltas e quem sabe o que mais. *Será que ele tem um cachorro?* Eu me perguntei, e *Será que a Maserati está no pátio?* Havia somente um jeito de descobrir.

Eu andei até o portão da esquerda — eu sou canhota, então eu deveria ir pelo portão da esquerda — e o empurrei levemente, tentando não fazer barulho. Eu não esperava encontrá-lo destrancado, e os meus sensores-aranha começaram a gritar *Corra, sua tonta!*, mas eu fechei meus olhos, respirei fundo e abri o portão o suficiente para poder entrar, e o fechei devagar atrás de mim.

"Rabbi?", alguém chamou baixinho de um lugar escuro à minha direita. "É você?"

"Torres?", eu chamei, com os músculos tensos para um possível momento de briga ou fuga, preferencialmente o segundo. "Jesus!" Eu coloquei uma mão no coração e a outra cegamente buscando o portão para apoio. "Você me assustou."

Ele veio devagar até mim, com um sorriso na cara que não tinha como não ver, nem mesmo na quase escuridão.

"Bem, bem, bem. Veja o que o gato nos trouxe", ele cochichou a um metro de distância. "Eu achei que você tivesse dito que eu não deveria vir esta noite, mas aqui está você!" Ele sorriu novamente. "Você realmente achou que eu fosse cair nessa?"

"Quieto!", eu sussurrei. "Nós precisamos sair daqui imediatamente! Estamos ambos correndo um sério perigo!"

"Esquece, Rabbi. Eu vou ganhar a competição esta noite, e não há nada que você possa dizer ou fazer que me faça mudar de opinião."

"Você não enten..."

"Ah, mas eu entendo, entendo, sim!" Ele se virou e começou a andar no sentido do ferro-velho, me forçando a sair da segurança de estar próxima da saída.

"Torres, você *não* entende! Isto não tem nada a ver com a competição. Nós *realmente* estamos em perigo e precisamos sair daqui *agora mesmo!*"

"E por que será, ahn? Você tem medo de que um monstro vá pular de trás dessas pilhas de lixo? *Pffttt!* Eu parei de acreditar em monstros há muito tempo." Ele riu novamente. "A Maserati provavelmente está lá do outro lado, longe do prédio, para mantê-la segura, o que é muito bem-vindo, já que isso tornará a colheita muito mais fácil."

"Todd está procurando por você", eu deixei escapar.

Ele imediatamente parou. "Desculpe, você disse que o *Todd* está procurando por mim?

"Sim."

Eu fiz uma pausa para dar efeito, o que fez com que ele se virasse e chegasse mais perto. "Alguém disse a ele que íamos colher aquela noite no Sunoki." Eu tinha sua total atenção agora.

"Kate", ele começou, colocando a mão em meu ombro. "Eu realmente admiro sua perseverança e dedicação para ajudar a Abby, mas desiste, vai? Por que alguém avisaria a polícia, e por que alguém em controle de suas faculdades mentais teria qualquer coisa a ver com o Todd? *Jizuis!*" Ele começou a andar novamente. "De todos os loucos desta cidade, por que se envolver com essa triste desculpa de um ser humano?"

Eu não estava conseguindo que ele me escutasse. Quanto mais eu tentava alertá-lo, mais ele me afastava e mais para dentro do ferro-velho nós íamos. Eu precisava fazer algo para ele parar e me ouvir.

"A Abby deu a dica a ele", eu disse.

Ele se virou.

"O quê? Ela fez o quê?"

Eu falei novamente, dessa vez mais baixo. "A Abby contou a ele."

Ele começou a balançar a cabeça. "Não, não, não... Não a Abby. Ela não jogaria tão baixo." Ele olhou em meus olhos como se estivesse buscando algo, alguma coisa que dissesse que eu estava brincando, mas quando não encontrou nada, ele baixou a cabeça e seus ombros caíram.

"Me desculpe, Torres. Eu gostaria que não fosse verdade, mas ela avisou a ele, sim. Ela me contou tudo esta noite. Por isso eu estou aqui. Acho que ele está te procurando, e nós temos que sair daqui *agora!*"

Ele não se moveu. E não disse nada. Era como se uma grande batalha estivesse acontecendo dentro de sua cabeça e seu corpo tivesse parado de responder, esperando o ganhador para voltar a ter controle sobre suas faculdades.

Eu coloquei a mão em seu ombro. Ele estava todo trêmulo.

"Torres, eu sei que isso deve te machucar — muito — mas se não formos embora agora mesmo, estaremos metidos em muita merda!"

Mas ele continuou ali, ainda tremendo.

"Torres! Torres, sai dessa!", eu falei, chacoalhando-o um pouco. "Eu vou levar você estilo bombeiro se for preciso, mas não quero estar aqui se o Todd aparecer. Se ele for tão mau quanto eu ouvi, o quanto antes sairmos daqui, melhor estaremos."

"Mas aí você vai perder toda a diversão, não vai?", veio a voz diretamente de trás de mim. "Por que você não fica mais um pouco e vê em primeira mão se o que você ouviu falar de mim é verdade?"

14

TE PEGUEI

Meus joelhos viraram gelatina e eu segurei o braço do Torres um pouco mais forte. Não era preciso ser um gênio para descobrir que aquela voz pertencia a ninguém menos que Todd. Eu me virei lentamente e olhei diretamente entre a mancha negra que havia entre duas pilhas de pneus gastos, e uma figura alta apareceu do meio das sombras.

Eu prendi a minha respiração, tentando não mostrar com quanto medo eu estava.

"Torres, que surpresa boa te encontrar aqui a esta hora da noite!"

Mesmo com a pouca claridade da luz da lua que passava pelas pilhas de lixo, era quase impossível não perceber o descaso em seu rosto, um olhar de pura maldade e ódio que mandou arrepios pela minha coluna. "E você trouxe uma amiga... Que agradável!" Ele deu dois passos em nossa direção, e antes que eu pudesse reagir ele segurou a minha mão e a levou até seus lábios, onde ele plantou um beijo. Eu senti algo molhado, e acho que ele também usou a língua, fazendo com que eu arrancasse a minha mão e limpasse na minha blusa.

"Você deve ser a garota que eles chamam de Rabbi. Encantada, tenho certeza." Ele se curvou exageradamente, de forma jocosa.

Ver minha repulsa deve ter acordado o Torres do seu apagão, já que ele rapidamente se colocou entre o Todd e eu.

"O que você quer, Todd?" Torres disse seu nome como alguém que provou algo azedo.

A reação de Todd foi imediata. Ele deu um soco no estômago do Torres, mandando ele para trás e trombando em mim. Ambos caímos no chão.

"*Tut tut tut*, jovenzinho." Todd balançou a cabeça. "Viu o que você me fez fazer? Eu simplesmente odeio quando isso acontece, você não?" Ele olhou para mim e depois de volta para o Torres. "Mas você tinha que se meter e me desrespeitar, não tinha, seu pivete?" Ele rapidamente chutou o Torres nas costelas, fazendo com que ele gemesse de dor.

Agora sua atenção estava voltada para mim.

Eu ainda estava no chão, e à medida que ele chegava mais perto, tudo o que eu podia fazer era ir mais para trás, até que o meu caminho foi bloqueado por algo metálico e frio.

"Shhh", fez Todd, esticando suas mãos como que acalmando um gatinho com medo. "Não tenha medo, Rabbi. Eu só quero falar com você... primeiro." Ele riu.

"Não se atreva a encostar nela, seu pervertido!", Torres disse do chão por entre os dentes. "Kate, saia daqui! Agora!" Eu o ouvi respirar fundo e resmungar.

Todd se virou e gritou: "Você cala essa sua boca nojenta, seu pedaço de lixo!" Eu me empurrei contra o negócio de metal atrás de mim até que algo pontiagudo empurrou minhas costas. Sem escutar nenhuma resposta do Torres, Todd se voltou para mim.

"Então seu nome é Kate, ahn? Bem, *Kate*, é um prazer finalmente conhecer a pessoa que criou uma certa eletricidade na cidade. É ainda melhor colocar o rosto *e* o corpo", ele disse, olhando lascivamente, "com a pessoa também."

Ele chegou mais perto. Sem ter para onde ir, eu congelei em pânico, olhando sua cara nojenta vindo em minha direção. Parecia que eu estava vivendo um de meus piores pesadelos, quando eu sonhava que estava amarrada com uma corrente a uma cadeira no meio de um quarto escuro e podia sentir que alguma coisa assustadora e perigosa estava rapidamente chegando até mim por trás. Alguns passos à minha frente, iluminado por uma única luz pendurada do teto escuro, eu podia ver minha mãe lavando a louça, completamente desavisada de que eu estava presa à cadeira. No meu sonho eu tentava e tentava gritar, mas nada saía da minha boca. Durante esse tempo eu podia sentir a presença chegando mais e mais perto. Eu conseguia senti-lo tirar uma faca estilo adaga de algum lugar de sua forma escura, chegando mais e mais perto enquanto eu desesperadamente tentava fazer algum som, qualquer som, para alertar a minha mãe, até que eu sentia uma afiada picada na parte baixa das minhas costas e finalmente acordava, suando e ofegante.

Eu tentei gritar agora, mas minha voz falhou e tudo o que eu consegui foi produzir um chiado. Antes que Todd pudesse segurar uma de minhas pernas, uma sombra veio por trás dele, levando-o ao chão.

Estava muito escuro para ver algo, mas o Torres deve ter conseguido se colocar em pé novamente. A surpresa de Todd não durou muito, e pelos próximos minutos eu consegui ouvir os dois rolando e trocando socos até que somente um se levantou, sistematicamente batendo a forma inerte do outro.

"Seu pedaço de lixo!" O chute de Todd fez um barulho molhado no escuro. "Eu deveria enterrar você debaixo de uma pilha de lixo e deixar você apodrecer!", ele cuspiu. "E você..." Ele se virou para mim. "É melhor que você valha o trabalho."

Eu choraminguei agachada perto do bloco de metal que eu tinha identificado como um motor velho de carro.

Todd pegou os braços do Torres e o arrastou até mim, seu corpo mole e a cabeça batendo contra o chão duro. Ele então colocou a mão atrás das costas e puxou algo cinza.

"Isso é uma arma?" perguntei alarmada. "Não o mate! Não o mate, por favor, não!" Eu estava com tanto medo que nem conseguia chorar.

"Por mais que eu desejasse poder, *hmpf!*", ele resmungou, algemando o punho do Torres no motor ao meu lado, "eu não vou... Pelo menos não até me divertir com você."

Até aquele momento eu estava completamente anestesiada de medo e incapaz de colocar dois pensamentos juntos, mas quando ele me olhou daquele jeito, como se eu fosse algum tipo de objeto em que ele pudesse meter a mão, sabia que tinha de fazer algo. Juntando toda a minha força e superando o medo paralisante, dobrei minha perna direita para trás e dei o chute mais forte da minha vida em suas partes balançantes.

Todd caiu em cima de mim, pegando suas partes com as duas mãos e gemendo.

"Sua puta!" ele gritou, tentando me pegar, mas eu me levantei rapidamente antes que ele pudesse recuperar o fôlego. Eu olhei para o Torres ainda algemado ao motor e, por mais que eu quisesse fazer alguma coisa, qualquer coisa, para ajudá-lo, meus instintos naturais tomaram o melhor de mim, e eu comecei a correr e tropeçar no labirinto escuro de metal, tentando ganhar o máximo de espaço possível que eu conseguia entre eu e o Todd.

Eu não corri em nenhuma direção em particular pelo que pareceu uma eternidade, somente parando para pegar ar quando já não conseguia ouvir mais nada sobre o som do meu próprio sangue passando pelas minhas artérias.

"Merda, merda, merda!", eu xinguei, rapidamente cobrindo minha boca, com medo de ter falado muito alto. Eu não podia deixar o Torres para trás, e precisava de ajuda, mas estava tão desorientada que não tinha ideia de onde eu ou a saída estávamos.

Eu me forcei a respirar profundamente algumas vezes, segurando o ar por alguns segundos antes de exalar, tentando me acalmar.

Hannah. Eu pensei. *Ligue para a Hannah.* Eu procurei no escuro pelo meu telefone, com minhas mãos tremendo tanto que tive de digitar seu telefone múltiplas vezes antes de acertar o número.

Atende, atende, atende!, eu suplicava ao telefone.

Escutei Hannah atender. "Alô? Kate? É você?"

Meus olhos se encheram de lágrimas. Eu respirei fundo, mas antes que eu pudesse responder o telefone voou da minha mão. Uma mão apareceu do escuro, cobriu a minha boca e me puxou para trás de um monte de sacos de lixo.

15

LEITE AZEDO ESTRAGADO

"Shhhh", sussurrou uma voz próxima ao meu ouvido. "Fica quieta, sua bobinha!"

Demorei menos de dois segundos para reconhecer aquela voz e, cara, como eu estava feliz em saber que não era a do Todd!

"*Mmmmftmmf?!*" Eu tentei responder apesar dos dedos cobrindo a minha boca.

"Eu vou descobrir a sua boca, mas você *tem* que ficar quieta, tá bom?"

Eu consenti com a cabeça e a mão foi removida.

"Abby", eu sussurrei. "Você veio!" Eu a abracei, quase nos derrubando sobre diversas sacolas de lixo que estavam atrás de nós. Eu a soltei e depois dei um soco de leve no braço dela.

"Ai. Por que você fez isso?" Ela fez cara de dor enquanto esfregava o braço.

"Isso é por me assustar. Por que você demorou tanto?" Eu comecei a procurar pelo meu telefone. "Você quase quebrou meu telefone também. Eu tenho que ligar de volta para a Hannah."

"Não faça isso." Ela se encaminhou em minha direção como se fosse tirar o telefone de minhas mãos. "Seu telefone quase entregou a sua posição."

"Do que você está falando?"

"Eu conseguia escutar você digitar a um quilômetro de distância, e não sou a única procurando você. Todd teria te encontrado se eu não tivesse tirado o telefone de sua mão. Sua tela era como uma grande placa neon dizendo *Aqui Estou.*"

"Umm, obrigada", eu disse, envergonhada. "Venha, você pode me ajudar a resgatar o Torres."

"O que você quer dizer, resgatar o Torres? Eu vim até aqui para evitar que você se encontrasse com o Todd. Agora que eu te achei, vamos sair daqui rápido!" Ela pegou meu cotovelo e começou a me arrastar para fora.

Eu me soltei. "Não podemos ir sem ele! O Todd bateu bastante nele e ele está algemado em algum lugar aqui dentro!"

Isso a fez parar. Ela tentou esconder, mas estava preocupada. "Quão mal ele está? Algemado? Ele está preso?"

Eu tive que demorar alguns segundos antes de responder. "Foi ruim, tá bem? Ele estava inconsciente. Eu não acho que o Todd o prendeu, mas ele está algemado a um motor velho... Mas eu não sei onde."

"Pensa, Kate. Pensa. De que lado você veio?"

"Eu realmente não sei, Abby! Eu estava correndo pela minha vida. Aquele pervertido estava fazendo todo tipo de ameaças horríveis e não parecia que estava a fim de prender ninguém. Assim que eu encontrei uma maneira, eu corri."

"Está bem." Ela cruzou os braços sobre o peito e segurou o queixo com uma mão. "Nós vamos ter que nos separar." Ela começou a andar de um lado para outro. "Vamos precisar das chaves das algemas também, e esse será o problema real."

"Espere. Há um minuto você estava falando sobre ir daqui para o lugar mais longe possível, e agora você está falando sobre resgatar o Torres e pegar as chaves das algemas daquele psicótico que não só é mais forte que nós duas juntas, mas também quer nos tocar como se fôssemos pedaços de hambúrguer?"

Ela não pensou duas vezes. "Um-hum", ela disse, consentindo solenemente com a cabeça.

"Aeee!" Eu dei outro soco em seu braço. "Esta é a Abby que eu estava esperando aparecer!"

Ela sorriu, levemente esfregando o braço, tentando não mostrar a vergonha. "Está bem", ela continuou. "Aqui está o que vamos fazer. Vamos nos dividir; você vai para a direita e eu vou para a esquerda, e iremos em direção à frente do ferro-velho. Teremos uma chance maior de encontrar o Torres dessa maneira."

"E se uma de nós esbarrar com o Todd?" Eu me arrepiei com esse pensamento.

"Então você volta aqui e faz muito barulho e tenta derrubar no chão a maior quantidade de coisas que conseguir no caminho atrás de você para atrasá-lo. Eu voltarei correndo e farei o que puder."

"Mas se ele conseguir *pegar* uma de nós duas?"

Ela pensou por alguns segundos.

"Então só há uma coisa a fazer."

"O quê? Atacá-lo com unhas e dentes? Chutar as partes baixas dele — foi assim que eu escapei, por falar nisso — e chutá-lo no estômago enquanto ele estiver caído no chão?" Eu esfreguei minhas mãos, tentando não pensar o quão impossível era qualquer um daqueles cenários.

"Não." Ela pausou. "Você o seduz."

"Oi?", eu perguntei, desacreditando.

"Kate, pense por um momento... De que adianta achar o Torres se não tivermos as chaves das algemas? Uma de nós terá de chegar perto o suficiente do Todd para pegar a chave sem levantar suspeita."

"Ewww...", eu tremi. "Eu te escuto e te entendo, mas não há outra maneira?" Eu pensei por um segundo. "Eu me lembro de assistir a um filme antigo com minha mãe, *Mad Max*, eu acho, e tinha um cara algemado a um carro que estava vazando gasolina em direção ao fogo aberto, né? Então o cara deu um serrote e ele tinha que escolher entre cortar pela corrente de metal da algema, o que demoraria muito, ou cortar o *seu braço*, que seria dolorido, com certeza, mas muito mais rápido e..."

"Kate! Não. Apenas. Não."

"*Err*, está bem." Eu olhei para baixo, fingindo limpar o chão com a sola do sapato.

"Então tá. Você ainda tem sua faca de colheita?"

"*Duh.* O papa caga na floresta?"

Abby me olhou como se eu tivesse duas cabeças.

"Quê?"

"Ah, é de um filme que eu assisti com a minha mãe outro dia."

"Kate! Foco!"

"Certo. Sim, eu ainda a tenho, por quê?"

"Caso as coisas saiam de controle, mas somente se as coisas saírem de controle, está bem? Nós queremos a chave, mas não queremos ir para a prisão por causa disso."

"Entendi. Eu vou pela esquerda porque sou canhota."

Abby revirou os olhos mas sorriu.

"Tá bom. Eu vou pela direita, e com sorte nos encontraremos em algum lugar no meio. Pronta?"

Eu a abracei forte. "Sim, agora estou pronta."

Comecei a andar pelo labirinto de lixo e restos de carros que projetavam sombras distorcidas no chão. Era difícil andar no escuro, colocando um pé na frente do outro e tentando não fazer barulho, pausando a cada dois passos para escutar sinais de perigo.

Depois do que pareceu uma hora de andança silenciosa, mas que foram provavelmente apenas alguns minutos, eu estava inteiramente suada, meu cabelo encharcado como se eu tivesse ficado parada debaixo de uma chuva pesada. Eu sentia o vago mas inconfundível cheiro de leite estragado.

Eca, será que sou eu? Parei para cheirar debaixo do braço. *Eca! Sou eu!* E comecei a andar no escuro. *Como eu devo seduzir alguém cheirando assim, parecendo que acabei de sair de um útero gigante?* Comecei a imaginar Todd querendo colocar suas mãos em mim e imediatamente as tirando para cobrir seu nariz e boca, querendo vomitar enquanto lhe dizia como ele era lindo e musculoso. *Ei, garotão.* Eu piscaria sedutoramente para ele. *Desculpe por esmagar seus... sentimentos antes. Que tal se nós fizermos as pazes e nos beijarmos?* Que nojo! E se ele gostasse de garotas suadas e fedidas? *Será que o Alex gosta de garotas suadas e fedidas?* Eu cheirei debaixo dos meus braços novamente, esperando por um resultado diferente, e fui salva de meus distraídos pensamentos quando senti outro cheiro no ar: fumaça.

Eu podia ouvir vozes também, e uma luz estava piscando à frente, onde o caminho parecia fazer uma virada brusca para a direita.

Eu segurei o fôlego — o que ajudou com o cheio nojento — e fiz um esforço para reconhecer quais vozes eu ouvia. Caminhando ainda mais devagar em direção à luz piscante, eventualmente eu consegui reconhecer a voz do Todd e da Abby.

Eu me abaixei e cheguei próximo do final do caminho. Depois de alguns segundos de hesitação, levantei minha cabeça por cima do lixo para ver bem o que estava acontecendo do outro lado.

16

MARTELANDO TOUPEIRAS

O Todd e a Abby estavam discutindo em volta de uma fogueira, o que justificava o cheiro de fumaça. O Todd tinha suas costas viradas para mim, e eu podia ver entre suas pernas um tanque de óleo cortado na metade, onde o fogo havia sido aceso diretamente à frente dele. Eu podia escutar a Abby e presumi que ela estava do outro lado do fogo.

De onde eu estava, podia ver a silhueta do Todd, mas todo o resto estava fracamente iluminado, com sombras flutuantes projetadas contra as pilhas de ferro-velho. Foi somente depois que meus olhos se ajustaram à luz que eu vi o Torres ainda amarrado ao motor.

"Apenas deixe-nos ir, Todd", disse Abby. "Você já se divertiu, agora nos deixe ir para casa."

"Me dê um bom motivo pelo qual eu faria isso, princesa. Como diz a música, *the night is young, and so are we*", ele cantalorou.

Dessa vez o Torres falou. "Corta essa, Todd! Nos deixe ir!"

"Nós não fizemos nada de errado!", complementou Abby. "Não há motivo para você nos manter aqui."

"*Você* pode ir a hora que quiser, princesa. Eu não estou te mantendo aqui. É esse pedaço de merda que não pode ir a lugar nenhum." Ele chutou o Torres nas costelas, que gritou e se encolheu no chão.

Eu tive que cobrir minha boca para não gritar.

"PARE!" gritou Abby desesperada. "Não o machuque." Ela fez um gesto como se fosse tocar o Torres, mas pensou melhor e ficou onde estava.

"Por que. Você. Se. Importa. Com. O. Que. Eu. Faço. Com. Esse. Pivete?", disse Todd, chutando poeira e pedras no Torres a cada palavra.

"Pare, por favor! Por favor, pare!" Ela começou a chorar.

"Foi você quem me contou o plano de roubar carros. Ele é um criminoso e precisa aprender uma lição." Ele se preparou para dar outro chute, mas parou quando viu Torres se encolher em antecipação. "Olha só como ele é *corajoso!*" Ele riu.

"Todd", chamou Abby com algo diferente em sua voz. "Todd", ela repetiu, levantando a barra da blusa para limpar as lágrimas de seu rosto. Mesmo na luz fraca seu abdômen bem esculpido e seu top esportivo podiam ser vistos. O gesto não foi ignorado por Todd, que imediatamente virou suas costas para Torres, para focar na Abby.

"Veja", ela continuou com a voz suave, "eu sei que provavelmente você está só fazendo o seu trabalho. A verdade é que eu queria fazer uma pegadinha com o Torres e inventei toda aquela história sobre ele planejar vandalizar o estacionamento."

"Você inventou, ahn?" Todd deu um passo para a frente. A Abby deu um salto, mas acho que ele não percebeu.

"Eu inventei, sim, e estou" — ela deu um passo na direção dele — "tão" — outro passo — "arrependida."

Ela agora estava apenas a alguns centímetros dele. "Aqui, me deixe te compensar por isso."

Eu mal podia acreditar em meus olhos quando ela jogou seus braços em volta dele e começou a *beijá-lo.*

"Abby, não!", resmungou Torres do chão, mas já era tarde demais, e na semiescuridão Todd e Abby se transformaram em uma massa de duas cabeças com braços em movimento.

Eu estava tão chocada que não notei imediatamente que, enquanto os dois se abraçavam, uma das mãos de Abby fazia o sinal para eu me aproximar. *Será que ela me viu? Ela está me dizendo para ir até ela? Será que tudo isso era parte de seu plano para distrair o Todd?*

Ela agora estava usando as duas mãos para fazer com que eu fosse até o Torres.

Respirei fundo, lentamente me levantei de trás da pilha de lixo e comecei a ir em sua direção. Era difícil não se sentir enjoada com os gemidos que vinham de Todd.

Somente tive que dar sete passos furtivos para chegar até o Torres, e quando ele me viu, eu rapidamente tive de cobrir a sua boca para que ele não me entregasse.

Coloquei meus dedos em meus lábios e fiz para ele um olhar questionador, para saber se ele tinha entendido que tinha de ficar quieto. Seu rosto era uma bagunça de sujeira, suor e sangue. Um de seus olhos estava completamente fechado por causa do inchaço do tamanho e cor de uma ameixa madura, mas ele consentiu com a cabeça e eu removi a mão de sua boca.

Eu olhei melhor e vi que seu pulso direito havia sido algemado a uma abertura estreita no motor, o que quase não lhe dava espaço para se mexer. Não havia maneira de soltá-lo sem a chave. Eu tentei puxar a corrente, mas isso fez com que Torres gemesse de dor.

"Uh?" Todd se afastou de Abby para verificar o barulho e eu congelei, incapaz de pensar em nada que me pudesse fazer desaparecer. Eu tinha quase certeza de que estávamos acabadas, quando a Abby levantou sua blusa por cima da cabeça e puxou o rosto de Todd de volta para o seu.

"Oh", ele gemeu. "Você é cheia de surpresas, mas eu tenho uma ou duas para você também", ele disse, abraçando-a mais forte. Ela se assustou mas continuou a jogar, movendo suas mãos para cima e para baixo do corpo dele devagar, fazendo com que ele gemesse ainda mais alto.

Ela continuou acariciando suas costas até que de repente parou, puxando a cabeça dele em direção ao seu peito. Esticou a mão com um pequeno molho de chaves e começou a gesticular para que eu me aproximasse.

Eu fiquei de pé, mas o Torres segurou a minha mão e me puxou de volta para baixo até que estivéssemos cara a cara, nossos olhos perfeitamente alinhados.

"Cuidado", ele sussurrou com os lábios inchados.

Sua preocupação estava misturada com raiva pura e ódio por Todd, que estavam claramente estampados na sua cara. Eu consenti com a cabeça e me levantei lentamente.

Oito curtos passos me separavam de onde Abby estava segurando as chaves enquanto aguentava as investidas de

Todd. Eu cuidadosamente dei dois passos, tendo a certeza de que estava levantando completamente meus pés do chão e lentamente os abaixando, primeiro o dedão, depois a sola, seguido por base, peito e finalmente o calcanhar. *Dois já foram, faltam seis,* eu pensei, com suor começando a formar na minha testa.

"Vamos lá, princesa. Por que não vamos para o meu carro e fazemos o que temos de fazer?"

"Qual a pressa?" disse Abby sem ar, movendo seu rosto para longe dele o máximo que conseguia, sem deixar transparecer o seu nojo. "Provavelmente estará muito quente no carro. Por que não ficamos aqui mais um pouco? Talvez mais alguns minutos?"

Foi durante essa troca que fizemos contato pelo olhar. Seu rosto era a máscara do medo, seus olhos claramente me dizendo para andar logo e pegar as chaves. Eu dei três passos, ainda fazendo a mesma performance calculada, mas um pouco mais rápido. Pela primeira vez desde que ela tinha abraçado Todd, as emoções da Abby afloraram e ela começou a chorar baixinho.

"Não se preocupe, princesa. Eu serei bem gentil com você... a não ser que você goste bruto." Ele deu uma risada baixa.

Eu tentei engolir, mas a minha boca estava seca, minha garganta com a sensação de pedregulhos. Estendi meu braço em direção à mão da Abby, mas eu ainda estava pelo menos a um passo de distância. O suor agora corria solto pelo meu rosto e estava entrando em meus olhos, me forçando a piscar algumas vezes para diminuir a ardência. Minhas mãos haviam virado dois punhos sólidos, com minhas unhas fincadas na pele macia das minhas palmas.

Eu respirei fundo e soltei tudo devagar para tentar acalmar meus nervos. *É agora ou nunca.* Eu estava quase certa de que a Abby estava próxima do seu limite, e assumindo que eu conseguisse as chaves e libertasse o Torres, ainda precisaríamos livrar a Abby daquela bagunça. *Primeiro as primeiras coisas, Kate,* eu pensei. *Aqui vai nada.*

Eu respirei fundo novamente e dei outro passo cuidadoso, gentilmente tocando a mão da Abby com a minha. Alguma coisa afiada cutucou a minha palma. *As chaves!* Uma onda de alívio passou por mim, rapidamente substituída por um senso mais forte de ansiedade, já que agora eu tinha de voltar para o Torres.

Eu olhei nos olhos da Abby, esperando que ela pudesse ver a mensagem silenciosa que eu estava tentando passar. *Seja forte* e *Isso vai acabar logo.* Ela piscou uma lágrima e gesticulou para que eu voltasse, me dando um novo sentido de urgência. Eu consenti com a cabeça, respirei fundo novamente e...

"TE PEGUEI!" Como uma mola suprimida que tinha sido mantida no mesmo lugar por muito tempo, o Todd se virou e pegou meu pulso, me puxando para perto e soltando a Abby no processo.

Minha primeira reação foi dar uma joelhada em suas partes íntimas, mas ele antecipou isso e me empurrou forte, me fazendo tropeçar para trás e cair perto do Torres.

"Ah, não, sua puta!" ele gritou para mim. "Me engana uma vez, vergonha sua, mas me engana duas vezes, então eu mereço." Ele riu enquanto me olhava. "Você não acha que eu tinha te esquecido, acha? Você realmente achou que eu iria atrás de você, me arriscando a bater nas coisas no escuro?" Ele deu um passo à frente, abrindo e removendo o cinto. "Eu tinha certeza de que você voltaria por sua amiga aqui, então eu disse para mim mesmo, deixe-me ficar confortável e esperar. Ela voltará e aí receberá a punição que merece."

Abby, que até agora estava congelada em seu lugar, chegou perto dele por trás e colocou as mãos em seus ombros. "Todd, mas e nós?" ela falou mansamente. "Você não quer ir para o seu carro agora?"

"Cala a sua boca, sua vaca estúpida!", ele gritou com ela, com saliva voando de sua boca. "Você acha que me enganou com seu ato de *sedução* de terceira classe?" Ele riu alto e longamente, momentaneamente virando suas costas para mim. "Você acha que eu caí na sua *merda?*" Ele cuspiu. "Eu sou Todd Bates, o filho da puta mais malvado de toda a Craven County! Eu já tive mais garotas se abrindo para mim do que qualquer um na história!"

Ele caminhou em direção à Abby, dobrando seu cinto em um círculo perfeito, segurando as pontas em suas mãos. Eu instintivamente abaixei em direção ao meu tornozelo direito e peguei a faca que o Torres tinha me dado. *Será que eu realmente tenho a coragem de fazer alguma coisa com ela?* O Todd continuava gritando.

"...e mesmo se elas mudam de opinião, se elas *realmente* querem suas drogas, elas sabem que têm de vir até mim." Ele riu novamente. "Eu sou o El Chapo de New Bern, e ninguém, NINGUÉM vende mais drogas aqui do que eu! E se elas não querem ou não podem pagar com dinheiro, bem..." Ele riu. "Então é melhor elas terem certeza de que eu consiga algo tão *satisfatório* quanto." Ele bateu o cinto contra sua calça, fazendo um alto barulho de tapa. "Agora está na hora de você pagar sua prenda, princesa!"

Abby choramingou.

Eu me levantei com as pernas trêmulas, segurando a faca em ambas as mãos. Eu não tinha certeza do que ia fazer, ou mesmo se faria alguma coisa. Minhas pernas pareciam blocos de cimento e, por mais que eu tentasse, eu não consegui dar outro passo. Era como o meu pior pesadelo, tudo de novo.

"Se prepare, princesa." Sua voz estava cheia de maldade. "Pronta ou não, você está prestes a embarcar no Bates Pleasure Express."

Ele levantou o cinto por cima da cabeça e a Abby colocou as duas mãos no rosto para se proteger do golpe. Juntando toda a minha força, eu pude levantar uma perna do chão... depois a outra... e de repente alguma coisa passou voando por mim com um barulho de vento, alcançou o Todd com suas mãos ainda no ar, e depois de um barulho doentio de algo quebrando, ele caiu no chão, seguido de um objeto retangular, que levantou um pouco de poeira e se assentou sobre sua forma inerte.

17

REALEZA DE NEW BERN

A Abby foi a primeira a reagir.

"Alika!!!"

"Hannah?" eu perguntei, meio tonta. "É você de verdade? O que está fazendo aqui?"

"Salvando vocês duas e o dia, isso é o que estou fazendo aqui", disse ela, exageradamente balançando a cabeça e fazendo todos rirmos apesar do que tinha acontecido. Eu olhei para o Todd inconsciente no chão ao lado do meu skate.

"O que meu skate está fazendo aqui? Você bateu no Todd com ele?"

"Eu tinha que chegar aqui o mais rápido possível e não podia simplesmente pedir que minha mãe me trouxesse a um ferro-velho abandonado, podia? Além disso", ela parou e empurrou as pernas do Todd, acredito que para ver se ele ainda respirava, "foi bem útil, você não diria?"

Eu dei um gritou de felicidade e me joguei contra ela, carregando-a e balançando-a enquanto cantarolava repetidamente “Minha prima é foda, minha prima é foda, minha prima é foda...”

“Eca, o que é esse cheiro, Kate? É você? Que nojo! Me solta.” Ela tentou se livrar de mim, me fazendo rir alto.

“Ei”, veio a voz do Torres. Nós nos viramos e vimos a Abby de joelhos ao seu lado, inspecionando seu rosto, gentilmente tentando remover a sujeira e o sangue que estavam secos sobre seus olhos e lábios. Foi impossível não ver como ela estava sendo gentil.

“Aí”, ele reclamou. “Eu odeio estragar sua dancinha feliz aí, mas vocês ainda têm as chaves das algemas? Eu mal posso sentir meus dedos.”

O pequeno anel com as chaves ainda estava grudado na palma da minha mão. Eu andei até o Torres e a Abby, mas ela tirou as chaves da minha mão. Suas mãos estavam suadas e trêmulas, e ela precisou de algumas tentativas para conseguir achar a chave certa e libertar o Torres, com as algemas caindo no chão como uma cobra morta.

Torres começou a esfregar os pulsos para fazer a circulação voltar, mas a Abby imediatamente o parou e começou a esfregar para ele.

“Está tudo bem, Abby, você não precisa”, ele protestou.

“Eu preciso, eu preciso.” Lágrimas começaram a cair em seu rosto enquanto ela silenciosamente chorava.

Torres soltou uma das mãos e segurou o seu queixo, levantando o rosto dela ao seu. Ela agora começou a chorar mais forte, cobrindo o rosto com as mãos.

“Abby, está tudo bem, sério.” Ele gentilmente puxou as suas mãos e, usando a barra de sua blusa, limpou o seu rosto e arrumou uma mecha de cabelo que havia se soltado, colocando-a atrás de sua orelha.

Ela olhou em seus olhos, e antes que ele pudesse dizer mais nada, ela se inclinou e o beijou nos lábios, fazendo com que ele fizesse um gesto de dor, mas sem quebrar o enlace.

Se não fosse pela Hannah segurar o meu braço e me levar para longe, eu continuaria parada ali, olhando incrédula.

"Eu sempre soube que eles eram loucos um pelo outro", Hannah confidenciou enquanto nos dirigíamos de volta para o Todd. "Agora nós precisamos fazer algo sobre este babaca antes que ele acorde. Aqui." Ela foi até ele e pegou um de seus pulsos. Pegue o outro pulso e me ajude a puxá-lo até aquele bloco de metal."

Eu sacudi minha aversão a tocá-lo e peguei o outro pulso e cutuquei. Ele não se moveu nem um centímetro.

"Nós vamos ter que superar a inércia inicial. Seu corpo é muito pesado e tem muita fricção causada pelo chão."

Eu parei para fingir cara de surpresa ao olhá-la.

"O quê? Acontece que eu gosto da minha aula de física." Ela me mostrou a língua. "Vamos puxar juntas no três, tá bom?"

"Tá bom."

"Um, dois... três! Puxe!"

Nós duas fizemos força e conseguimos mover o seu corpo para uma posição melhor, para que então pudéssemos arrastá-lo até o motor. Depois de puxar seriamente, nós colocamos Todd deitado ao lado do motor. Hannah teve que embaraçosamente esticar a mão por trás de Abby e Torres, que ainda se seguravam, para pegar a algema e colocar em volta do pulso do Todd. Ela colocou as chaves no bolso, limpou o suor da testa e suspirou profundamente. "Está bem, pessoal. Temos que sair daqui antes que a Bela Adormecida acorde, então talvez seja melhor colocar sua blusa de volta; Abby?"

"Espera, não podemos ir embora ainda." Todos pararam e olharam para mim. "Ainda temos uma coisa para fazer."

"Você não pode estar falando sério, Kate", disse a Abby. "Você não está pensando na Maserati ainda, está?"

Torres se juntou a ela. "Esquece isso, Rabbi. Não vale a pena. A competição inteira não tem sentido, de qualquer maneira."

Ele olhou para Abby.

"Sem sentido? Olááá! Você está falando sério? Depois de tudo o que passamos?" eu protestei.

"Ele está certo, Kate", continuou a Abby. "Ademais, eu também não ligo para essa competição estúpida."

"Onde está o meu skate, prima?" perguntei à Hannah. "Eu acho que alguns golpes vão ajudá-los. Sem sentido? Estúpido? Eu quero o emblema da Maserati mais do que nunca. Chame de troféu de guerra ou o que quiserem, mas não vou embora sem ele."

Abby olhou para Torres, como que perguntando a ele algo que somente os dois entendiam, e ele consentiu, fechando e abrindo seus olhos. Abby colocou a mão no bolso de seu jeans e tirou algo que parecia com um garfo de metal com dentes pequenos.

"A Maserati!", gritei. "Você colheu a Maserati! Nós ganhamos a competição! Nós ganhamos!" Eu comecei a pular pra cima e pra baixo com meus braços no ar.

“*Ugh!*, talvez você queira abaixar os braços, prima.” Hannah fechou as narinas com os dedos.

Eu fui até a Abby.

“Rápido, tire uma foto e compartilhe com o resto do grupo para que possamos torná-lo oficial!” Eu estava radiante.

“Na verdade, o Torres e eu temos que te falar algo, Kate.”

“O que está acontecendo, Abby? Torres?” Eu virei e olhei para a Hannah. “O que está acontecendo, prima?”

Ela deu de ombros. “Eu não sei.”

“Como eu estava dizendo, Kate, o Torres e eu conversamos e decidimos não competir mais um contra o outro.”

Seu anúncio me deixou completamente perplexa.

“Certo”, Torres continuou. “De fato, nós queremos transferir todos os nossos emblemas para você...”

“Quê?! Mas, mas, mas...”

“...como uma forma de agradecimento por tudo o que você fez por nós.” Ele olhou para Abby e segurou a sua mão. “Com a soma de todos os nossos emblemas, agora você tem um total de seiscentos e dois emblemas, muito mais do que precisa para ganhar.”

“A Maserati”, completou a Abby, “é somente a cobertura do bolo.”

Ela sorriu. “Todos cumprimentem a nova Rainha de New Bern!” Ela se ajoelhou.

“Todos cumprimentem a Rainha de New Bern!”, Torres e Hannah gritaram juntos. Hannah fez que ia me abraçar, mas pensou melhor e ficou onde estava.

“Talvez depois que você tomar um longo banho”, brincou.

“Uhhh...”

O gemido veio de trás de nós.

Todd estava acordando.

Ele passou uma das mãos na parte de trás da cabeça e gritou. Tentou se levantar do chão mas foi bruscamente levado para baixo novamente, com a algema fortemente presa em seu pulso.

“Que merda é esta?!” ele gritou. “Vocês me algemaram? Quem fez isso? Foi você?” Ele olhou para Abby. “Você?” disse olhando para mim. “Foi você, seu verme?” Ele olhou para o Torres, com ódio refletido em seus olhos.

“Fui eu”, respondeu Hannah, saindo de trás de nós e se colocando à sua frente. “Eu fiz isso.” Eu nunca tinha visto minha prima tão desafiadora.

Todd tentou ficar de pé, caiu novamente de joelhos e escolheu se sentar com suas costas apoiadas no motor. Ele começou a rir.

“*Você* me algemou? Hahaha! Deixe-me adivinhar, foi você também que me acertou enquanto eu estava completamente indefeso?” Sua voz subiu para um rugido. “Você tem alguma ideia de qual é a punição por atacar um oficial da lei? A hora que você tiver saído da cadeia municipal, será tão velha que desejará nunca ter encostado a mão em mim.”

Ele riu alto e longamente.

Ele poderia estar certo?, eu pensei. *Ele realmente vai se safar depois de tudo o que fez conosco?* Hannah apenas ficou parada, calmamente assistindo ele rir até que tivesse terminado.

“O que você está esperando?”, ele esbravejou. “Me solte neste instante, e talvez, talvez... eu demonstre um pouco de piedade e peça por uma sentença reduzida ao juiz para você.”

Hannah simplesmente enfiou a mão num dos bolsos e começou a tirar algo.

“Hannah, não!” Cada um de nós gritou, mas ela ainda assim tirou algo do bolso. O sorriso triunfante do Todd foi rapidamente substituído por um olhar perplexo.

“O que é isso? Um telefone?” Ele disse ironicamente. “Sua puta burra, como você vai abrir as algemas com seu telefone? Abra a merda das algemas agora mesmo!”

Hannah calmamente destravou seu telefone, rapidamente mexeu na tela e a virou para o Todd.

“Eu sou o El Chapo de New Bern e ninguém, NINGUÉM vende mais drogas que eu por aqui!”

A expressão do Todd era de completa descrença.

Hannah olhou em seu telefone novamente, clicou em algo e voltou novamente a tela para ele. “Deixe-me tocar mais alto agora”, ela disse.

“Eu sou o El Chapo de New Bern e ninguém, NINGUÉM vende mais drogas que eu por aqui!

“*Você* sabe qual a punição para vender drogas ilegais, *El Chapo? Você* sabe o que acontece com as pessoas que vão para a cadeia sob acusação de atentado de estupro?” Todd apenas continuou sentado.

“Eu tenho um vídeo de tudo o que você fez com Torres, Abby e Kate, incluindo sua admissão de praticar atividades ilegais.

Você terá sorte se conseguir qualquer coisa menos do que quinze anos detrás das grades."

"Caraca", eu gritei, abraçando a Hannah, seguida pelo Torres e pela Abby. "Você é como uma Sherlock Holmes moderna, prima!"

"Isso foi demais, Alika!"

"Muito bem, Alika!"

Todd baixou a cabeça.

"Vamos sair daqui e comemorar a vitória da Kate", sugeriu Hannah depois de se soltar. "Eu sinto que churrasco de porco e *hush puppies* são a pedida."

"Mas e ele?" perguntou Torres, acenando em direção ao Todd.

"Ele não vai a lugar nenhum", respondeu Hannah, batendo em seu bolso traseiro, indicando onde ela tinha guardado as chaves.

"Posso pelo menos colocar um pouco de gasolina no chão e fazer uma poça ligada aonde ele está sentado, e acender o fogo próximo dele? Tenho certeza de que podemos encontrar um serrote aqui em algum lugar..."

"Kate!" A Abby riu.

Os olhos do Todd quase saltaram para fora de suas órbitas.

"Isso não é de um filme antigo?" Torres perguntou.

Hannah riu. "Vamos sair daqui antes que minha prima exploda todo este lugar aos pedaços."

18

CLOSING TIME

Os dias, como o lento mas persistente amarelamento da árvore de pimentão doce no outono, passaram, e antes que eu pudesse perceber já se haviam passado três meses desde aquela noite no ferro-velho.

Todd Bates foi preso na manhã seguinte, depois que a Hannah compartilhou uma cópia do vídeo sem edição com a mídia local e a polícia. Ele foi autuado com diversas acusações, inclusive expor menores a situações perigosas, e tráfico e venda de drogas ilegais para menores, e sentenciado a vinte e cinco anos no Centro de Detenção de Craven County.

Durante o seu processo, ele nos acusou de vandalismo e tentativa de roubo, em uma tática para tentar explicar o motivo de ter agido daquela maneira, mas como ele era o filho do xerife local, que por acaso estava concorrendo à reeleição, isso não soou a seu favor. O advogado e o pai de Todd sugeriram fortemente que ele mantivesse a boca fechada para evitar colocar ainda mais lenha na fogueira perante as notícias explosivas que balançavam New Bern, especialmente depois que nossos pais registraram ocorrência por agressão violenta, e ele relutantemente se declarou culpado de todas as acusações.

Para nossa sorte, o assunto dos emblemas roubados nunca surgiu, e não foi até depois de alguns meses que o emblema faltante na Maserati foi percebido, mas a essa altura já não tinha mais maneira plausível de nos ligar ao roubo.

Torres passou os dias seguintes no Centro Médico de Carolina East para garantir que não tivesse sofrido uma concussão, assim como para tratar suas costelas quebradas. Abby, Hannah e eu passamos algumas horas no Pronto Socorro na S. Glenburnie Road para verificar qualquer lesão ou trauma. À parte do estresse psicológico que sofremos, fomos declaradas saudáveis e aptas a ir pra casa.

Uma vez que o pânico e a ansiedade iniciais passaram, todos tivemos de encarar nossos pais. Eu tive de jogar limpo e contar tudo para a minha mãe, e quero dizer, cada detalhezinho específico. Ela insistiu especialmente em escutar sobre o meu primeiro emblema, pedindo repetidamente para que eu descrevesse o que eu senti antes, durante e depois que colhi parcialmente o Rabbit. Eu então tive que passar por um sermão de uma hora de duração sobre como era errado roubar ou danificar a propriedade de outras pessoas, e que eu teria de encontrar uma maneira de corrigir todo o mal que eu tinha causado. Se eu não conhecesse minha mãe, diria que ela curtiu demais ouvir sobre minhas desventuras.

Eu fui *sentenciada* a passar as próximas duas semanas sem acesso aos meus amigos fora da escola, e tive que deixar de lado meu skate e meu telefone. Eu também tive que lavar a louça e passar o aspirador na casa todos os dias, o que, para ser sincera, acho que foi justo. Considerando o tamanho do problema em que eu tinha me envolvido, acho até que a pena foi leve.

Abby e Torres se tornaram um casal, e, uma vez que ele estava de volta à escola, era quase impossível ver um sem ver o outro. A Abby insistia em ajudá-lo onde quer que ele fosse, até conseguindo uma concessão especial para carregar seus livros entre as aulas, para que ele pudesse se concentrar em manobrar suas muletas de metal no meio do mar de alunos nos corredores. A formatura ainda estava a cinco meses, e apesar de ambos saberem que seria difícil conciliar suas agendas e um relacionamento a longa distância — Torres tinha sido aceito em UNC Wilmington, Abby em NC State — acho que eles optaram por não se preocupar com nada disso e focar no tempo que eles ainda tinham juntos.

Minha nova fama como Rainha de New Bern e a inevitável migração da maioria dos terceiro-anistas para suas vidas fora da escola significou que uma nova safra de recrutas precisaria de alguém para ensiná-los as coisas sobre colheita de emblemas. Uma vez que a informação de como eu ajudei a derrotar o Todd e capturar o último emblema se espalhou, eu estava com um pé na frente para liderar o grupo no próximo ano.

Hannah e eu nos tornamos inseparáveis, como as boas primas geralmente são. As circunstâncias *especiais* do que passamos ajudaram a solidificar nossa amizade, e ela até se interessou em aprender a andar de skate. Ela estava ansiosa para começar o seu programa de Ciências da Computação na UNC em Chapel Hill, mas me prometeu que viria visitar-nos o máximo possível.

Com isso, sobrou o Alex. Ele havia sido aceito na UNC Wilmington e disse que estaria por aqui para me ajudar a liderar o grupo e me ensinar a jogar futebol. Todos começaram a me falar sobre como ele ficou preocupado comigo quando soube que o Todd tentou me agarrar, e até mesmo minha mãe começou a brincar comigo quando soube que estávamos passando mais tempo juntos fora da escola.

Tá bom, eu não vou mentir. Eu estava aproveitando cada momento de sua atenção, e lá, lá no fundo, eu sabia que quando ele me pedia para ensiná-lo a andar de skate, ele não estava realmente querendo aprender. Ele somente queria uma desculpa para passar tempo comigo, e eu fiz por onde para que a minha agenda estivesse sempre livre quando ele aparecia.

Afinal de contas, toda rainha precisa de seu rei, não é verdade?

Leia também, da Editora InVerso:

Paulo César é um menino de 13 anos que mora em um bairro pobre de uma metrópole. Logo cedo, tem de enfrentar a tragédia de perder seu pai, vítima de latrocínio. Diante de tanta dor, ele faz uma oração despretensiosa para que Deus o transforme em herói.
Com sua prece atendida, ele recebe a visita de um anjo, que lhe concede poderes especiais, para serem utilizados com uma única finalidade: fazer o bem. Mas como fazer o bem quando você está despedaçado pelo luto e pela agonia? Enfrentando os dilemas sociais de quem vive uma batalha por dia, o Profeta Boy embarca em uma jornada sobre violência e redenção. Afinal, para ser um super-herói, basta fazer o bem.

Um multiverso de espantosas possibilidades pode estar bem ali, só esperando para ser desvendado. Foi isso que Zuwi descobriu a partir dos acontecimentos malucos em seu aniversário de 14 anos. Tudo seguia a rotina normal: vivia com sua mãe e com diversas dúvidas sobre a morte de seu pai em um acidente não esclarecido, até que nada mais se torna comum. Zuwi e seus amigos são sugados para uma realidade fantástica, cheia de vilões perigosos e universos surreais. Sem mais nem menos, sua vida é invadida por conceitos extraordinários e fatos quase improváveis. *Plix? Evolar? Index? Scrats?* O que é tudo isso? O que é *Virkadaz?* Entre bibliotecas do tamanho de cidades, lugares incolores e terríveis antros do mal, Zuwi mergulha nos mistérios mirabolantes derivados dos caprichos desse multiverso e suas infinitas probabilidades. A cada escolha, novas variáveis se desdobram para Zuwi.